라이프가드

마윤제 소설집

라이프가드

특별한서재

차
례

강江

LIFE
GUARD

건넌방에서 잠시 눈을 붙이고 빈소에 올라서는데 아내가 마당을 가리켰다. 마당 한쪽에 머리가 허연 남자가 홀로 앉아 있었다. 나는 고개를 갸웃했다. 문상객들은 거의 다녀갔고 날이 밝으면 출상이었다. 초저녁까지 북적거리던 상갓집은 친구 서너 명이 화투를 치고 있을 뿐 고즈넉했다. 마당을 가로지른 빨랫줄에 대롱대롱 매달린 백열등 불빛에 드러난 얼굴이 어딘지 낯이 익었다. 때마침 아버지 장례를 병원이 아니라 시골집에서 치러야 한다고 밀어붙인 여동생이 안방에서 나왔다.

"큰오빠가 왔어."

마당으로 내려간 여동생이 남자 앞에 상복을 내려놓았다.

남자는 망연한 눈길로 무명천을 내려다보았다. 형이었다. 한때 이 집에서 함께 살았던 형이 병색이 완연한 얼굴로 옛집의 마당에 앉아 있었다. 그가 고개를 들었다. 어깨에서 무언가 꿈틀거렸다. 검은 물고기가 지느러미를 흔들고 있었다. 나는 아가미에서 오물 덩어리를 울컥울컥 쏟아내는 검은 물고기를 놀란 눈으로 바라보았다.

그해 봄날, 마당의 늙은 벚나무에 꽃들이 흐드러지게 피었다. 산자락에서 바람이 불어오면 꽃잎이 눈송이처럼 점점이 강으로 날아갔다. 어머니는 지겹지도 않은지 온종일 짧은 봄날이 어딘가로 흘러가는 모습을 지켜보곤 했었다.
툇마루에 앉아서 꾸벅꾸벅 졸고 있는데 갑자기 울음소리가 들렸다. 어머니가 돌아가시고 이태가 지났을 즈음이었다. 두 살 아래의 여동생은 그때까지 밤낮으로 어머니를 찾았다. 방문을 열어보니 여동생이 목놓아 울고 있었다.
"무슨 일이야?"
동생의 커다란 눈에서 흘러내린 굵은 눈물이 빗물처럼 이불을 적시고 있었다. 아무리 달래도 울음을 멈추지 않던 동생은 급기야 이불에 얼굴을 파묻고 어깨를 들썩거리며 구슬프게 울고 울었다. 나는 여동생이 읽고 있던 책을 펼쳤다. 계모가 콩쥐를 학대하는 대목을 읽고 있었다. 얼굴을 든 여동생이 콧물을 훌쩍거리며 말했다.

"콩쥐가 너무 불쌍해."

그제야 상황을 파악한 나는 『콩쥐 팥쥐』는 누군가 만들어낸 이야기라고 알려주었다. 간신히 울음을 그쳤지만, 여동생의 두 눈에는 불안함이 강물처럼 출렁거렸다. 그건 며칠 전 새엄마가 올 거라는 아버지의 말 때문인 것 같았다. 아버지가 무심하게 말을 던진 이후 여동생은 대문 밖 작은 기척에도 깜짝깜짝 놀랐다. 그런데 일주일이 지나도록 새엄마는 나타나지 않았다. 아버지도 별다른 말이 없었다. 하지만 언덕에 자리 잡은 시골집은 묵직한 돌을 얹어놓은 것처럼 자꾸만 아래로 가라앉았다.

다음 날 학교 가는 길에 여동생이 겁에 질린 표정으로 간밤에 꾼 꿈 이야기를 했다. 표독스러운 고양이처럼 생긴 여자가 피 묻은 손으로 온몸을 할퀴었다는 것이었다. 그 말을 듣는 순간 소스라치게 놀랐다. 나도 며칠 전에 그 비슷한 꿈을 꾸었기 때문이었다. 꿈에 나타난 여자는 눈과 코와 입이 없었다. 푸른색 옷을 입은 여자는 쇠갈고리 손으로 내 목을 움켜잡고 조였다. 비명을 질렀는데 컥컥거리는 소리만 새어 나왔다. 숨이 막혀 죽을 것 같았다. 바동거리다 눈을 번쩍 떴다. 새벽녘이었다. 온몸이 물에 빠진 듯 흥건하게 젖어 있었다. 옷소매로 얼굴의 땀을 훔치고 방문을 열었다. 마당 한가득 달빛이 출렁거리고 있었다. 집 안은 쥐죽은 듯 고요했다. 맨발로 마당에 내려섰다. 발목을 휘감은 달빛이 온몸을 푸른색으로 물들였다. 작은 모래 알갱이가 발가락 사이를 비집고 들어왔다. 마당을 가로질러 늙은 벚나무 아래 섰다. 토담 아래 지붕 낮은 집들이 까무룩 잠들어 있었다. 그 너머에 마을 앞을 휘돌아가는 강이 내려다보였다. 구불구불한 강줄기는 거대한 구렁이 같았다.

강 머리에서 작은 불빛이 반짝거렸다. 마을 어른들은 정체를 알 수 없는 불빛을 도깨비불이라고 했다. 불빛을 좇아갔다가 물에 빠져 죽은 사람이 한둘이 아니라고 겁을 주었다. 하지만 나는 어른들의 말을 믿지 않았다. 불빛은 구렁이가 눈을 깜빡이는 것이었다. 친구들은 그런 내 주장을 손톱만큼도 믿지 않았다. 그렇지만 나는 끝까지 내 생각을 굽히지 않았다. 그날 새벽 나는 달빛 아래서 구렁이가 몸을 뒤틀며 눈을 깜빡거리는 모습을 오랫동안 지켜보았다.

아버지는 마을에서 30분 정도 떨어진 시내의 농협에서 근무했다. 어머니가 돌아가신 이후 한동안 아버지의 귀가 시간은 한없이 늘어졌다. 덕분에 저녁을 먹지 못하고 잠든 적이 한두 번이 아니었다. 다음 날 아침 눈을 뜨면 머리맡에 차갑게 식은 호두과자가 놓여 있곤 했었다. 2년쯤 지나자 아버지의 귀가 시간이 제자리로 돌아왔다. 우린 아버지가 돌아올 즈음이면 손을 잡고 강변의 버스정류장으로 갔다.

그날은 이상하게도 버스가 세 대나 지나갈 때까지 아버지가 나타나지 않았다. 우린 손을 꼭 잡고 마을 사람들을 내려준 버스가 검은 연기를 토해내며 산 그림자 속으로 사라지는 모습을 지켜보았다. 강물이 거뭇하게 변해갈 무렵 시내버스가 산모퉁이를 돌아왔다. 버스가 멈춰서고 아버지가 모습을 드러내는 순간 여동생이 흠칫 놀라서 내 뒤에 몸을 숨겼다. 푸른 양장을 입은 중년 여자와 한 사내아이가 아버지를 따라 버스에서 내렸다. 아버지가 사내아이를 가리키며 말했다.

"앞으로 형이라고 불러."

아버지의 목소리는 어딘지 모르게 경직되어 있었다. 여동생의 손톱이 내 손바닥을 파고드는 순간 검은 구렁이가 몸을 비틀었다. 은빛의 비늘이 마지막 남은 잔광을 털어내듯 반짝거렸다. 나도 모르게 구렁이의 눈을 찾았다. 그러나 빛과 어둠의 경계가 흐릿하여 뭐가 뭔지 구분할 수 없었다. 물고기 한 마리가 수면으로 튀어 올랐다. 물고기의 불룩 튀어나온 눈이 이제 곧 한 가족이 될 우리를 빤히 쳐다보았다.

그때 눈과 코와 입이 없는 여자가 내게 종이봉투를 내밀었다. 호두과자 냄새가 코를 찔렀다. 나는 종이봉투를 받지 않고 아버지를 올려다보았다. 아버지의 무표정한 얼굴이 고장 난 장난감처럼 끄덕거리고 있었다. 어쩔 수 없이 종이봉투를 받아드는 내 손이 희미하게 떨렸다.

다음 날부터 시골집이 빠르게 달라지기 시작했다. 가장 먼저 싸늘하게 식은 부엌에 온기가 감돌았다. 싯누렇게 얼룩진 벽지가 화사한 무늬로 바뀌었고 들기름을 듬뿍 먹은 툇마루는 반짝반짝 윤기가 났다. 늘 먼지가 쌓여 있던 장독들이 반질반질해졌고 늙은 벚나무가 휑하게 서 있는 마당 한쪽에 화단이 만들어졌다. 얼마 지나자 화단에는 채송화, 봉선화, 수국이 향기를 뿜어내며 피어났다. 벚나무 아래 토담 앞에 놓여 있던 의자가 사라졌다. 몸이 아픈 어머니가 늘 앉아서 강을 내려다보던 의자였다. 대신 그곳에는 새로 만든 평상이 놓였다. 여름날 저녁이면 새엄마는 평상에 저녁 식사를 차렸다. 모깃불이 타닥타닥 타오르는 마당에서 우린 김이 모락모락 나는 고등어의 하얀 살점을 뜯어 먹었다. 마을 사람들은 그런 우리를 보고 부러워했다. 지난 몇 년 동안 돌덩어리처럼 굳어 있던 아버지 얼굴에서 웃음이 떠나질 않았다. 누가 봐도 우린 단란하고 화목한 가족이었다. 그러나 나와 여동생은 불안감을 떨쳐낼 수 없었다. 모두가 마음을 놓을 때 자신의 모습을 드러낸 늑대가 우릴 잡아먹을 거라고 생각했기 때문이었다. 따라서 긴장을 늦출 수 없었던 나는 늘 새엄마의 동향에 촉각을 곤두세웠다.

그런 어느 날 전혀 예상치 못한 일이 발생했다. 여동생은 어렸을 때부터 아토피가 심했다. 그런데 한동안 잠잠하던 아토피가 급격하게 달라진 환경 때문인지 재발한 것이다. 이를 안 새엄마가 약을 구하러 전국을 헤매고 다니기 시작했다. 저 멀리 강원도 산골 읍내의 한의원을 찾아가서 아토피에 좋다는 약을 구해온 새엄마는 그야말로 지극정성이었다. 아침저녁으로 약을 발라주고 음식까지 따로 챙긴 끝에 여동생의 고질적인 아토피가 완전히 나아버렸다. 그러자 여동생이 백기를 들고 새엄마의 품에 투항했다. 언제까지 내 곁에 있을 줄 알았던 여동생이 새엄마의 빤한 술책에 그만 넘어가버린 것이다.

그때부터 완전히 고립된 나는 잔뜩 긴장한 고양이처럼 털을 뻣뻣하게 세우고 새엄마를 주시했다. 이때 천군만마처럼 내게 힘을 실어준 사람들은 친척 어른들이었다. 뒤늦게 알았지만, 마을에서는 시내 술집에서 새엄마를 봤다는 소문이 은밀하게 나돌고 있었다. 그 때문인지 새엄마를 대하는 마을 사람들의 태도는 차가웠다. 동시에 친척 어른들은 근본을 알 수 없는 여자를 집안에 들일 수 없다며 아버지에게 은근한 압박을 가하고 있었다.

그해 가을, 집안일에 매달리던 새엄마가 밖으로 움직이기 시작했다. 마을 사람들에게 적극적으로 다가서기 시작한 것이다. 새엄마는 어른이든 아이든 가리지 않고 만나는 사람마다 공손하게 인사했다. 하지만 마을 사람들의 반응은 냉담했다. 눈앞에서야 어쩔 수 없이 인사를 받지만, 돌아서기 무섭게 수군거렸다. 그 정도는 예상했다는 듯 새엄마는 대수롭지 않게 여겼다.

마을은 하우스 재배 농가가 많아서 수확 시기마다 늘 일손이 부족했다. 아침 일찍 집을 나선 새엄마는 일손이 필요한 집들을 찾아가서 돕기 시작했다. 처음에는 손사래를 치던 사람들도 출하 시기를 놓칠 수 없는 상황이라 새엄마의 손길을 받아들일 수밖에 없었다. 며칠 시늉만 하고 말 거라는 예상을 깨고 새엄마의 대가 없는 품앗이는 겨울 초입까지 계속되었다. 김장철이 시작되자 새엄마는 더 바빠졌다. 이 집 저 집을 돌아다니며 자기 일처럼 김장을 도왔다. 우리 집은 마을 사람들이 김장을 끝낸 다음 치러졌다.

김장하는 날 이상한 일이 벌어졌다. 마을 여자들이 고무장갑을 들고 우리 집으로 몰려온 것이다. 새엄마가 집에 온 뒤에 마을 여자들이 우리 집을 찾아온 건 그날이 처음이었다. 그날 시골집 마당에서는 수육과 막걸리를 나눠 마시는 여자들의 웃음소리가 흘러넘쳤다.

이듬해 봄이 되자 마을 사람들은 새엄마를 오랜 친구처럼 대하고 있었다. 그동안 꿈쩍하지 않던 친척 어른들의 마음이 돌아선 것도 그 무렵이었다. 나는 마을 사람들이 그렇게 쉽게 새엄마에게 속아 넘어갔다는 사실을 이해할 수 없었다. 새엄마의 친절은 기만이고 술책이었다. 어린아이인 내가 금방 알아차릴 수 있는 사실을 어른들이 속고 있었다. 누군가 새엄마의 거짓 가면을 벗겨주길 바랐지만, 한번 돌아선 사람들의 마음은 쉽게 변하지 않았다. 나는 결심했다. 세상 모든 사람이 속아도 나만은 절대 넘어가지 않을 것이다. 그 어떤 회유와 달콤한 유혹에도 끝까지 버틸 것이었다. 이런 내 의중을 알아차린 걸까. 갑자기 새엄마의 눈길이 나를 향했다. 집요한 공세가 시작된 것이다. 그런데 그 방법이 지금까지와 달랐다. 정공법이 아니라 성동격서의 공세였다.

어느 날부터 새엄마가 하교 시간에 맞춰 여동생을 데리러 학교에 나타났다. 새엄마를 발견한 나는 황급히 몸을 숨겼다. 화사하게 화장한 새엄마의 아름다운 모습에 아이들이 술렁거렸다. 여동생이 달려가서 새엄마의 품에 안기는 모습을 나는 전봇대 뒤에 숨어서 지켜봤다. 놀라운 일이었다. 두 사람이 손을 잡고 걸어가는 모습을 지켜보는 내 기분은 묘했다. 그건 새엄마의 교묘한 술수였다. 여동생을 통해서 견고한 내 마음을 흔들려는 것이었다. 새엄마의 기만을 파악한 나는 더 단단하게 빗장을 걸어 잠갔다.

하지만 나는 어렸다. 아무리 견고하게 마음을 다잡는다고 해도 내 마음의 뿌리는 약했다. 생선 가시를 발라주고 책을 읽어주는 새엄마를 볼 때마다 마음이 살짝 흔들렸다. 새엄마가 사준 아이스크림을 하수구에 버렸지만, 서너 걸음도 가지 않아 후회하곤 했었다. 고립의 세계는 힘들었다. 차가운 바람이 불어오는 황야를 헐벗은 몸으로 걷고 있는 것과 같았다. 어디로 가고 있는지, 옳은 방향인지 구분할 수 없었다. 환한 양지의 세계가 그리울 때마다 투항하고 싶었다. 새엄마가 만든 새로운 세계에서 달콤한 과실을 맛보고 싶었다. 그러나 나는 새엄마를 받아들일 수 없었다. 새엄마가 만든 새로운 질서에 들어갈 수 없는 이유는 따로 있었다. 그건 문간방에 자리 잡은 형이었다.

형은 한집에 살면서도 얼굴 보기가 힘들었다. 늘 자신의 방에 틀어박혀 공부하다 식사 시간에야 모습을 드러냈다. 그는 언제나 모호한 웃음을 짓고 있어 좀처럼 속내를 알 수 없었다. 하지만 나는 그 웃음의 의미를 알고 있었다. 내가 새엄마를 대할 때의 웃음과 같았기 때문이었다. 어느 날 우연히 형의 방에 들어갔다. 방은 깨끗했다. 책상 뒷벽에 깃발 아래 육군사관생도가 칼을 들고 있는 모집 포스터가 붙어 있었다. 그때 나는 형이 육사를 목표로 공부하고 있다는 사실을 알았다. 그날 저녁, 형이 누가 자기 방에 들어왔다며 투덜거리며 인상을 썼다. 책장에 꽂힌 책을 뒤적거렸을 뿐 아무것도 건드린 게 없었다. 그런데도 그는 누군가 자기 물건에 손을 댔다는 사실을 알고 있었다. 형의 일그러진 표정을 보자 이상하게도 적의가 부글부글 끓어올랐다.

어느 날 저녁 식사 자리에서 아버지가 모두를 돌아보며 진정한 가족이 되었으면 좋겠다고 말했다. 그 말을 듣는 순간 뜨거운 감자를 삼킨 것 같았다. 물에 뜬 기름처럼 겉도는 나를 염두에 두고 한 말이었다. 어쩌면 새엄마에게 더 노력해달라는 무언의 요구일 수도 있었다. 사실 새엄마는 잘못한 게 없었다. 최선을 다했지만 내가 그 마음을 받아들이지 않은 것이다. 그래서인지 새엄마는 억울한 표정을 지었다. 그것도 잠시 새엄마는 어른의 관대함을 보여주려는 듯 환하게 웃으면서 고기 반찬을 내 앞에 옮겨주었다. 나도 가만있을 수 없어 웃었다. 하지만 아버지의 이런 기대에도 불구하고 나와 새엄마의 간격은 좁혀지지 않았다. 영원히 만날 수 없는 레일처럼 평행선을 달려갔다.

마을에 황 씨라는 사람이 있었다. 그는 인근 마을까지 모르는 사람이 없을 정도로 소문이 자자했다. 황 씨가 유명한 건 독특한 술버릇 때문이었다. 그는 아침에 눈을 뜨고부터 잠들기 전까지 쉬지 않고 술을 마셨는데 그 안주가 특별했다. 살아 있는 청개구리였다.

그는 소주병을 들고 집 근처 풀숲을 어슬렁거리다 청개구리를 발견하면 재빨리 낚아챘다. 그런 다음 소주를 한 모금 벌컥 마신 뒤에 청개구리를 날름 삼켰다. 때론 술을 마시고 입을 벌리면 스스로 폴짝 목구멍으로 뛰어드는 청개구리도 있었다.

황 씨는 그렇게 매일 10여 마리의 청개구리를 맛있게 먹어치
웠다. 그 때문에 황 씨의 아들들은 늘 검은 비닐봉지를 허리춤
에 차고 개울가 풀숲을 뒤지고 돌아다녔다. 아버지의 술안주
를 구하기 위해서였다.

이런 황 씨가 술 취해 마을 입구 당산나무에 나타나면 아이
들이 우르르 몰려들었다. 청개구리 소리를 듣기 위해서였다.
아이들이 한목소리로 개구리 소리를 들려달라고 하면 그는 윗
옷을 훌렁 걷어 올리고 손바닥으로 뱃구레를 탕탕 쳤다. 그러
면 거짓말처럼 배 속에서 청개구리가 개골개골 울었다.

어느 여름날 오후, 황 씨가 우리 집 마당으로 불쑥 들어왔
다. 청개구리를 잡으러 온 것이었다. 그는 비틀거리며 화단을
향해 걸어갔다. 토담을 따라 만들어진 화단에는 새엄마가 정
성 들여 심어놓은 작약과 수국을 비롯한 꽃들이 풍성하게 피
어 있었다. 화단으로 들어간 황 씨가 청개구리를 찾기 위해 꽃
들을 헤집었다. 그의 큰 발에 탐스러운 꽃들이 짓이겨졌다. 황
씨가 수국 꽃잎에 앉아서 명상에 잠겨 있던 청개구리를 낚아
챘다. 안주를 손에 넣은 황 씨의 입이 쩍 벌어졌다. 소주병을
입에 대고 벌컥벌컥 마신 다음 청개구리를 입에 넣는 순간 문
간방 문이 벌컥 열렸다. 방문을 박차고 달려 나온 형이 소리를
질렀다.

"아저씨, 뭐 하는 겁니까?"

한 손에 술병을, 한 손에 청개구리를 든 황 씨가 불콰한 얼굴로 형을 돌아봤다.

"뭐라고 했니?"

"빨리 화단에서 나오세요."

"뭐라고?"

"우리 엄마 꽃을 짓밟고 있잖아요!"

황 씨가 어리둥절한 표정을 지었다. 그때 놀라운 일이 벌어졌다. 형이 달려들어 황 씨의 허리를 붙잡고 끌어내기 시작한 것이다. 그러나 황 씨는 꿈쩍도 하지 않았다. 가볍게 형의 머리를 밀어내자 형이 내동댕이쳐지듯 나가떨어졌다. 형이 상기된 얼굴로 벌떡 일어났다. 그러고는 성난 황소처럼 황 씨에게 달려들었다. 황 씨의 육중한 몸이 비틀거렸다. 화가 머리 꼭대기까지 치민 황 씨가 버럭 호통을 쳤다.

"이놈의 자식이!"

황 씨가 솥뚜껑 같은 손을 치켜드는 순간 형이 다리를 걸고 밀었다. 술병을 놓친 황 씨가 중심을 잃고 비틀거리다가 뒤로 벌렁 넘어졌다. 황 씨의 거대한 몸에 깔려 짓뭉개진 꽃을 본 형의 입에서 유리 깨지는 듯한 비명이 터져 나왔다. 그 끔찍한 비명은 옆집 아저씨가 맨발로 달려와서 황 씨를 일으켜 세우고 데려갈 때까지 계속되었다.

이윽고 황 씨가 떠난 마당은 괴괴한 침묵에 휩싸였다. 그때까지 망연한 모습으로 서 있던 형이 창고로 걸어갔다. 호미를 찾아 들고 돌아온 그는 침울한 표정으로 짓밟힌 화단을 정리하기 시작했다. 꽃잎에 묻은 흙을 털어내고 짓이겨진 꽃대를 세우고 솎아내는 모습이 왠지 모르게 처연했다. 그 모습을 더 이상 지켜볼 수 없었던 나는 슬그머니 방으로 들어가서 소리 없이 문을 닫았다.

며칠 뒤 곤충 채집 숙제를 하기 위해 마을 뒤편에 있는 숲으로 갔다. 떡갈나무가 빽빽하게 우거진 숲은 한낮인데도 서늘했다. 나는 잠자리채를 들고 매미를 찾아서 떡갈나무 사이를 헤집고 돌아다녔다. 신기하게도 귀청이 나갈 정도로 울어대던 매미들은 내가 접근할 때마다 입을 다물었다. 잠자리채가 닿지 않는 나무에 들러붙은 매미들은 약 올리듯 울었다. 그렇게 매미를 찾아 떡갈나무 사이를 돌아다니는데 어디선가 수런거리는 말소리가 들렸다.

숲 안쪽으로 들어간 나는 깜짝 놀랐다. 숲 공터에 황 씨 아들 삼 형제가 바닥에 무릎을 꿇은 형을 둘러싸고 있었기 때문이었다. 그들은 학교와 마을에서 악명이 높았다. 누군가 형제 중 한 명에게 시비를 걸거나 건드리면 셋이 몰려가서 상대를 곤죽이 될 때까지 두들겨 팼다.

나를 흘긋 돌아본 그들이 말했다.

"넌 끼어들지 마."

난 그들의 보복에 끼어들 생각이 전혀 없었다. 막내가 손가락으로 형의 이마를 툭툭 건드렸다.

"우리 아버질 밀어뜨린 이유가 뭐야?"

"화단, 화단이 망가져서."

"그딴 꽃 때문에 우리 아버질 떠밀었다고?"

"그…… 그게 아니라."

형이 말을 더듬었다. 둘째가 히죽거리며 형의 더듬거리는 말투를 흉내 냈다. 형의 얼굴이 벌겋게 달아올랐다. 그때였다. 옆에서 지켜보고 있던 맏이가 갑자기 발로 형의 배를 강하게 걷어찼다. 명치를 급습당한 형이 배를 움켜잡고 바닥을 뒹굴었다. 남은 두 형제가 달려들어 형을 마구 짓밟기 시작했다. 속수무책이었다. 옷이 찢겨 나가고 얼굴에 피가 터졌다. 그런데도 그들은 무자비한 구타를 멈추지 않았다. 바로 앞 떡갈나무 둥치에 매달려 있던 참매미가 울었다. 울음소리는 숲이 떠내려갈 듯 우렁찼다. 피 묻은 손으로 머리를 감싼 형이 절규하듯 외쳤다. 아마도 용서해달라는 것 같았다. 그러나 그 말을 듣지 못한 형제들은 발길질을 멈추지 않았다.

사람의 마음이란 참으로 이상했다. 처음에는 그 광경이 당혹스러웠다. 그런데 형이 땅바닥을 기는 모습을 보니 짜릿한 전율이 일어났다. 형제들이 나를 대신하는 것 같았기 때문이었다. 한순간 바닥을 뒹굴던 형과 눈이 마주쳤다. 형의 눈빛이 도와달라고 간절하게 호소하고 있었다.

나는 하늘을 올려다보았다. 떡갈나무 가지를 뚫고 들어온 햇살이 창검처럼 날카로웠다. 어디선가 딱따구리가 나무를 쪼는 소리가 났다. 나는 눈을 가늘게 뜨고 딱따구리를 찾았다. 나무껍질을 벗겨내는 딱따구리를 지켜보고 있을 때 형제들의 기나긴 구타가 멈추었다. 그들은 차례로 내 어깨를 치면서 씩 웃고는 숲을 돌아 나갔다. 어느새 검은 비닐봉지를 들고 있는 걸 봐선 청개구리를 잡으러 가는 것 같았다.

기이하게도 형제들이 숲을 떠나자 매미가 극성스럽던 울음을 뚝 그쳤다. 떡갈나무 둥치를 쪼던 딱따구리가 숲 저편으로 날아갔다. 숲은 기묘한 정적에 휩싸였다. 종잇장처럼 땅바닥에 구겨져 있던 형이 힘겹게 고개를 들었다. 나는 망설였다. 손을 내밀 것인지 매미를 잡으러 갈 것인지 결정해야 했다. 나는 후자를 선택했다. 천천히 돌아서는데 온몸에 소름이 확 돋았다. 몇 발자국을 걸었을까. 등 뒤에서 울음소리가 터져 나왔다. 온몸을 쥐어짜는 듯한 오열이었다. 나는 돌아보지 않았다. 오직 매미 울음소리에만 귀를 기울였다.

그날 저녁 평상에서 저녁을 먹고 있을 때 형이 마당으로 들어섰다. 형의 처참한 몰골을 본 식구들이 깜짝 놀랐다. 평상 앞으로 걸어온 형이 밥그릇에 코를 박고 있는 나를 손가락으로 가리키며 말했다.

"친구들을 시켜서 날 때렸어요."

형의 예상치 못한 반격에 허를 찔린 나는 당황했다. 뭔가 변명해야 한다고 생각했는데 입이 떨어지지 않았다. 아버지가 무서운 눈빛으로 노려보며 수저를 내려놓았다. 그리고 성난 목소리로 채근했다.

"어떻게 된 건지 말해봐."

나는 숲으로 들어갔을 땐 이미 모든 상황이 끝나 있었다고 변명했다. 그러나 아무도 내 말을 믿는 것 같지 않았다. 아버지가 일그러진 표정으로 여동생에게 회초리를 가져오라고 했다. 여동생이 달려가서 나뭇가지를 가져왔다. 낭창낭창한 싸리나무 가지가 내 손바닥 위에서 춤을 추었다. 나는 온몸을 비틀면서 고통을 견뎌야 했다. 손바닥이 벌겋게 부풀었을 때 형과 눈이 마주쳤다. 그가 희미한 미소를 머금고 있었다. 싸리나무가 부러졌다. 아버지가 두 번째 회초리를 들자 새엄마가 내 앞을 가로막았다.

"그만하세요."

나는 놀란 눈으로 새엄마를 바라보았다. 뒤이어 더 놀라운 일이 벌어졌다. 아버지가 든 회초리를 빼앗아 꺾어버린 새엄마가 나를 끌어안은 것이다. 새엄마의 향긋한 체취가 후각을 자극했다. 이 모습을 본 형의 낯빛이 흙빛으로 변했다. 새엄마가 망연한 표정으로 서 있는 형을 돌아보며 서릿발 같은 목소리로 말했다.

"사내자식이 부끄러운 줄 알아야지."

새엄마의 추상같은 비난에 형의 안색이 종잇장처럼 하얗게 변했다. 나를 무서운 눈빛으로 쏘아보던 형이 돌아서서 문간방을 향해 뛰어갔다.

우리는 중단한 식사를 이어갔다. 참으로 이상한 건 저녁상을 물릴 때까지 아무도 형을 언급하지 않았다는 사실이었다. 솔직히 나는 새엄마의 돌연한 행동을 의심했다. 치밀하게 계산된 행동이라고 생각한 것이다. 그런데 새엄마의 나를 대하는 태도는 조금도 변함이 없었다. 더 이상 새엄마의 진정성을 의심할 수 없는 상황에 직면한 나는 마침내 새엄마가 만든 질서에 편입되었다. 인고의 시간이 길어서일까. 대가는 너무나 달콤했다. 여동생이 샘을 낼 정도로 새엄마와 나는 친밀해졌다. 그런 나와 달리 형은 쌀독의 돌멩이처럼 겉돌았다.

이듬해 어느 여름날, 형이 안중근 의사 초상이 그려진 우표를 불쑥 내밀었다. 그 무렵 나는 새 우표가 발매되는 날이면 우체국 앞에서 줄을 설 정도로 우표 수집에 푹 빠져 있었다. 안중근 의사 우표는 고가에 거래되는 희귀품이었다. 나는 잠시 망설인 끝에 우표를 받아들었다. 형이 관계 회복을 요청하고 있다고 생각했기 때문이었다. 우표를 갈무리하고 나오자 그때까지 나를 기다린 형이 말했다.

"강에 멱 감으러 가자."

나는 흔쾌히 형의 요청을 수락했다. 우린 나란히 집을 나섰다. 언덕을 내려가서 도로를 건넜다. 교회를 지나서 강둑에 올라설 때까지 형은 아무런 말이 없었다. 다리 밑에선 아이들이 물놀이를 하고 있었다. 형은 그들을 흘깃 쳐다본 다음 계속 방죽을 거슬러 올라갔다. 나는 어깨를 펴고 형의 뒤를 따라갔다. 마을에서 멀어질수록 강의 물빛이 진해졌다.

우리가 도착한 곳은 인근에서 알려진 소沼였다. 상류에서 내려온 물줄기가 불룩 튀어나온 암벽을 휘돌아가서 물이 깊었다. 몇 년에 한 번 익사자가 나와서 담이 약한 아이들은 얼씬거리질 못하는 곳이었다. 강 건너 바위 위에서 발가벗은 고등학생들이 차례로 뛰어내리고 있었다. 그들의 젖은 등에서 햇살이 반짝거렸다. 나는 형을 쳐다보며 물었다.

"여기서?"

"그래."

강물은 시퍼렇다 못해 검은빛이었다. 나는 아무렇지 않은 듯 옷을 훌렁 벗었다. 형이 먼저 강물로 뛰어들었다. 어렸을 때부터 강을 헤집고 다녔던 나는 수영은 자신이 있었다. 우리는 앞서거니 뒤서거니 건너편 암벽을 향해 헤엄쳐 갔다. 형의 손이 먼저 바위에 닿았다. 우리는 바위로 올라가서 숨을 헐떡거리며 강을 내려다보았다. 자존심이 상했다. 뜨거운 게 치밀어 올랐다. 우리는 동시에 강으로 뛰어내렸다. 이번에는 내가 앞섰다. 형이 뒤를 바짝 쫓아왔지만, 내가 먼저 강 건너에 도착했다. 자갈밭에 드러누운 우리는 미친개처럼 숨을 헐떡거렸다.

우리는 다시 강으로 뛰어들었다. 이번에는 간발의 차이로 내가 먼저 바위를 건드렸다. 형의 얼굴이 벌겋게 달아올랐다. 기분이 날아갈 것 같았다. 바위로 올라간 우리는 동시에 물을 튕기며 수면으로 뛰어들었다. 나는 형을 가볍게 제치고 물살을 갈랐다. 형이 뒤를 바짝 쫓아왔다. 수면에 반사된 햇살이 눈을 찔렀다. 희열이 복받쳐 올랐다.

강 중간쯤에서 뒤를 돌아보았다. 형이 보이지 않았다. 순간 뭔가 내 발목을 감았다. 몸이 물속으로 쑥 끌려 들어갔다. 난 사력을 다해 발버둥 쳤다. 그러나 몸이 계속 아래로 끌려 내려갔다. 심장이 터질 것 같았다. 강물이 살아 있는 듯 꿈틀거렸다. 소용돌이치는 물속에서 무언가 다가왔다. 검은 물고기의 아가미에서 시커먼 오물이 울컥울컥 뿜어져 나오고 있었다. 그 물고기 뒤에서 형이 웃고 있었다.

눈을 뜨자 병원 응급실이었다. 가족들이 걱정스러운 눈빛으로 날 내려다보고 있었다. 바위에서 뛰어내리던 고등학생들의 심각한 얼굴도 보였다. 그러나 형은 없었다. 내 이마를 어루만지는 새엄마의 손이 한겨울 강물처럼 차고 섬뜩했다.

여름 방학이 끝났다. 집안은 묵직한 돌로 짓누른 듯한 분위기가 이어졌다. 아버지 얼굴에 웃음기가 사라졌고 새엄마의 목소리는 힘이 없었다. 문간방에 틀어박힌 형은 식사 시간에도 나타나지 않았다. 새엄마가 따로 식사를 챙겨주는 모양이었다. 여동생이 어그러진 분위기를 돌리기 위해 안간힘을 다했지만, 역부족이었다.

그해 겨울 새엄마에게 폐암 말기 진단이 내려졌다. 청천벽력 같은 소식에 아버지는 넋을 잃었다. 여러 병원을 전전했지만, 암세포는 이미 손을 쓸 수 없을 정도로 심각하게 전이된 상태였다. 어느 날 학교를 마친 뒤에 새엄마가 입원한 병원을 찾아갔다. 병실 문을 열려는데 형의 목소리가 들려왔다.

"엄마가 모든 걸 망쳤어."

병실을 박차고 뛰어나온 형이 복도를 달렸다. 나는 뒤를 쫓아갔다. 병원을 빠져나온 형은 주택가를 이리저리 돌아서 강둑에 올라섰다. 우리 마을 앞을 휘돌아온 그 강줄기였다. 얼어붙은 강물 위에 눈이 첩첩이 쌓여 있었다. 형은 눈바람이 휘몰아치는 강둑을 끝없이 걸어갔다.

이듬해 여름이 오기 전에 새엄마가 세상을 떠났다. 장례가 끝나고 며칠 뒤 문간방을 열어본 여동생이 소리쳤다.

"큰오빠가 사라졌어."

방이 텅 비어 있었다. 책상 벽에 붙어 있던 육군사관생도 모집 포스터가 갈기갈기 찢어져 있었다. 새엄마와 형은 그렇게 우리 집을 떠나갔다. 그리고 형에 관한 기억은 나의 뇌리에서 빠르게 잊혀갔다. 새엄마와 형이 호적에 등재되지 못했다는 사실을 알게 된 것은 대학에 입학해서였다. 나는 아버지에게 그 이유를 묻지 않았고 아버지 역시 돌아가시는 날까지 함구했다. 그렇게 우리 곁을 떠나간 형이 서른다섯 해 만에 시골집으로 돌아와서 내 앞에 앉아 있었다.

형이 빈소에 올라와서 절을 올렸다. 아버지 영정 사진 앞에 엎드린 그는 오랫동안 일어나지 못했다. 친척 어른들의 눈빛이 싸늘하게 변하자 여동생이 형을 부축하여 마당으로 내려갔다. 나는 형이 빈소에 올라설 때부터 고개를 숙이고 있다가 마당으로 내려간 뒤에야 얼굴을 들었다. 형이 앉은 곳까지 스무 걸음이었다. 잠시 이야기를 나누던 여동생이 자리를 뜨자 형이 구부정하게 어깨를 숙이고 술잔을 들여다보았다.

어디선가 찰랑거리는 물소리가 들려왔다. 강물이 마당으로 들어오고 있었다. 오래전 내 몸을 휘감은 그 강물이었다. 어느새 마당은 검푸른 강물로 넘실거렸다. 출렁거리는 강물 너머 형의 모습이 흐릿했다. 나는 천천히 일어났다. 입술을 꽉 물고 소용돌이치는 강물 속으로 들어갔다. 강물은 살을 에듯 차가웠다. 마침내 나는 형 맞은편에 앉았다. 그의 어깨에 내려앉은 검은 물고기가 지느러미를 흔들며 나를 노려보았다.

형이 고개를 들었다. 깊은 주름 사이로 신산한 삶이 흘러내렸다. 나는 술병을 들어 빈 잔을 채워주었다. 형은 뼈마디가 앙상한 손으로 술잔을 받았다. 우린 그렇게 말없이 서로의 술잔을 채워주었다. 두 번째 술병이 비어갈 무렵 형이 무거운 입을 열었다.

"난 여전히 네가 부럽다."

대체 뭐가 부럽다는 걸까. 내 삶의 궤적은 아무것도 내세울 게 없었다. 2년 재수한 뒤에 간신히 지방대에 들어갔고 입대해선 일반 사병으로 복무를 마쳤다. 학교를 졸업한 뒤에는 취직이 안 돼서 몇 년을 시골집에서 뒹굴었다. 지방직 공무원 시험에 합격하기까지 걸린 시간이 남들의 두 배였다. 연애 한 번 못하고 궁상맞게 보내다 친척 어른의 중매로 겨우 결혼했다. 동료들과 어울려 상사 흉을 보고 나보다 못한 사람이 진급하면 자괴감에 빠져 밤새 술을 퍼마시는 정말 보잘것없는 인간이었다. 그런 나를 부럽다는 형을 이해할 수 없었다.

형은 회한이 서린 눈길로 옛집을 돌아보았다. 시골집은 유년 시절과 크게 달라진 게 없었다. 토담은 굳건했고 지붕을 받친 기둥과 서까래도 백 년은 충분히 버틸 것이었다. 마당의 늙은 벚나무도 봄이면 여전히 꽃을 피우고 있었다. 형의 시선이 오랫동안 예전 화단이 있던 자리에 머물렀다.

여동생이 나를 찾는 소리가 들려왔다. 돌아보니 서울에서 내려온 친구가 마당으로 들어서고 있었다. 빈소에 올라가서 친구를 맞이하고 마당을 돌아보니 형이 없었다. 잠시 기다렸지만, 형은 끝내 모습을 보이지 않았다. 문득 앞으로 영원히 형을 만날 수 없다는 생각이 들었다.

나는 강바람이 기웃거리는 마당에 내려섰다. 아직 마을을 떠나지 않았을 것이다. 서둘러 대문을 나섰다. 시골집들은 깊이 잠들어 있었다. 당산나무 주변을 돌아봤으나 형은 없었다. 나는 도로를 건너갔다. 교회를 지나자 다리가 나타났다. 강물 소리를 듣는 순간 걸음을 멈추었다. 심장이 두근거렸다. 그날 이후 웅덩이에 고인 물만 봐도 심장이 덜컥 내려앉고 오금이 저렸다. 아내는 그런 나를 이해할 수 없다는 듯 쳐다보았다. 강둑을 걷기 시작했다. 식은땀이 축축하게 배어 나왔다. 무릎에 힘이 빠진 탓에 다리가 휘청거렸다.

구렁이가 몸을 틀자 달빛이 산산이 흩어졌다. 잠이 깬 수컷 멧새가 날카롭게 울었다. 잠시 걸음을 멈추고 숨을 크게 내쉬었다. 그런 다음 다시 강둑을 거슬러 올라갔다. 발목에서 쇠사슬이 철컹철컹 소리가 들렸다.

마침내 소 앞에 도착했다. 달빛에 의지하여 강둑을 내려갔다. 자갈밭에 들어서자 강물 소리가 바짝 다가왔다. 온몸에서 식은땀이 솟았다. 몇 번이나 주저앉을 뻔했지만, 계속 자갈밭을 걸어갔다. 그리고 마침내 그해 여름의 강 앞에 섰다. 강물 소리가 와락 달려들었다. 몸이 장작처럼 뻣뻣해졌다. 눈을 질끈 감았다. 귓전을 울리던 강물 소리가 서서히 가라앉았다.

그제야 눈을 뜨고 주위를 돌아보았다. 형은 없었다. 나는 왜 그가 이곳에 있다고 생각한 걸까. 어둠의 바다에 불빛이 둥둥 떠 있었다. 시골집 마당을 밝힌 불빛이었다. 문득 시골집을 밝힌 불빛을 바라보는 형의 모습이 떠올랐다. 그가 천천히 손을 들어 불빛을 움켜잡았다. 한 손 가득 잡힐 듯한 불빛은 단 한 줌도 잡히지 않았다. 영원히 잡히지 않을 불빛을 바라보는 형의 눈빛이 강물처럼 깊었다.

나는 무너지듯 주저앉아 강물에 손을 담갔다. 강물이 손을 타고 올라왔다. 내 마음속의 강물과 섞인 다음 천천히 몸을 빠져나갔다. 나는 오랫동안 강물이 고요히 밤의 세계를 흘러가는 모습을 바라보았다.

도서관의 유령들

LIFE
GUARD

그는 천변을 걸어가고 있었다. 도서관으로 가는 길에는 풀벌레 소리가 요란했다. 풀벌레들은 가까이 다가가면 멈추고 멀어지면 울었다. 그는 자신의 존재를 알아보는 생명체를 확인하기 위해 우거진 풀을 뚫어지게 들여다보았다. 그러나 어둠 속에 몸을 숨긴 풀벌레들은 형체조차 보이지 않았다. 그가 걸음을 옮기자 기다렸다는 듯 풀벌레들이 극성스럽게 울기 시작했다.

그가 밤늦은 시간에 도서관을 찾아가는 것은 빌린 책을 반납했는지 확인하기 위해서였다. 지금껏 도서관에서 수많은 책을 빌렸지만 단 한 번도 반납 날짜를 어긴 적이 없었다. 그런데 그 책 두 권은 처음으로 빌린 기억은 있는데 반납한 기억이 없었다. 그는 약속을 중요하게 생각했다. 약속을 지키지 않는 사람을 싫어하는 건 물론이고 자신에게도 엄격하게 적용했다. 도서관에서 빌린 책은 W. G. 제발트의 『토성의 고리』와 필립 로스의 『미국의 목가』였다. 그는 한때 두 작가에 심취했다. 비좁은 세계에 갇혀 있던 자신을 더 넓은 세계로 나아갈 수 있게 해주었기 때문이었다. 그러나 지금은 아니었다. 자신을 열광하게 만든 그 세계가 무의미하게 여겨졌다.

사실 그에게서 멀어진 건 한두 개가 아니었다. 모든 것이 사라졌고 이제 얼마 안 남은 기억마저 빠르게 흩어지고 있었다. 자신의 실수로 인해 누군가 피해 보고 있다는 생각이 멈추질 않았다. 사람이든 책이든 각기 맞는 자리가 있었다. 따라서 그 책들은 고물상 폐지 더미가 아닌 도서관 서가에 꽂혀 있어야 했다. 그곳에서 만나는 사람들에게 새로운 지평을 열어줘야 했다. 끝없이 떠오르는 죄책감을 없앨 방법은 한 가지였다. 도서관에 가서 책들이 제자리에 꽂혀 있는 걸 눈으로 확인하는 것이었다. 그것만이 기억의 오류를 바로잡을 수 있는 유일한 방법이었다.

깊은 상념에 잠겨 있다 고개 드니 어느새 도서관 앞이었다. 그는 인도로 올라가서 개천을 가로지른 다리를 건너갔다. 짙은 어둠을 배경으로 도서관 건물이 우뚝 서 있었다. 그 웅장한 모습에 만감이 교차했다. 일주일에 서너 번씩 찾아오던 곳이었다. 어쩌면 자신의 삶에서 가장 소중한 시간을 보낸 장소라고 할 수 있었다. 만약 그 두 권의 책이 생각나지 않았다면 아마도 영영 찾아오지 않았을 도서관이었다. 도서관에서 읽은 책들이 하나둘 떠올랐다. 감자밭 고랑에 손을 넣은 듯 그 책들을 읽을 때의 기억이 줄줄이 끌려 나왔다.

그는 출입문을 열고 도서관으로 들어갔다. 천장까지 이어진 서가에 모형 책이 꽂혀 있었다. 서가로 다가가서 책 표지들을 하나씩 살펴보았다. 전에 보지 못한 표지가 꽤 많았다. 도서관을 찾지 못하는 동안에 새로 발간된 책들이었다. 감회 어린 눈길로 서가를 돌아본 그는 종합자료실로 올라갔다.

종합자료실 창구는 비어 있었다. 단정하게 정리한 창구 책상을 보는 순간 오랜 기억이 떠올랐다. 매일 출근하듯 도서관을 드나들 무렵 창구에는 미소가 아름다운 사서가 근무하고 있었다. 그가 책을 빌릴 때마다 그녀는 늘 편안한 미소를 보냈다. 모든 사람에게 그런지, 그만을 위해서인지는 알 수 없었다. 어떤 이유든 그녀의 미소는 당시 그에게 위로가 되었다. 그는 미소를 보기 위해 키오스크를 이용하지 않고 그녀가 앉아 있는 창구에서 책을 빌리고 반납했다. 그녀가 자리를 비울 때면 일부러 돌아올 때까지 기다린 적도 있었다. 때론 그녀에게 책을 찾아달라는 부탁도 했다. 그녀는 싫은 내색 없이 복잡한 서가를 돌아다니며 책을 찾아주었다. 어느 비 내리는 날, 감정을 주체하지 못하고 도서관 앞에서 퇴근하는 그녀를 기다렸다. 하지만 그는 선뜻 말을 걸지 못했다. 도서관 입구에서 한 남자가 그녀를 기다리고 있었기 때문이었다. 두 사람의 다정한 모습을 보고는 쓸쓸히 돌아선 그 충동적인 감정조차 이젠 꿈결처럼 아련했다.

옛 기억에 잠겨 있던 그는 돌아서서 문학 서가로 갔다. 문학 서가에 들어서자 눈에 익은 작가들의 이름이 나타났다. 한때 그를 초라하게 만들고 시기와 질투를 불러일으키던 작가들이었다. 그들의 글은 찬탄을 금치 못할 정도로 경이로웠다. 주인공들은 삶의 모순과 부당함을 고통스러워했지만, 해일처럼 밀려오는 운명에 분연히 맞섰다. 그는 주인공들의 불안과 고통을 온몸으로 느꼈다. 때론 자신이 그 세계의 일원인 것처럼 분노하고 저항했다. 책의 주인공과 자신을 동일시하는 행위는 지각을 넓혀주고 인식의 세계를 확장해주었다. 만약 그 책들이 없었다면 자신의 삶은 너무나 무미건조했을 것이었다. 어쩌면 반복되는 일상에 짓눌려 존재의 의미를 상실했을지도 몰랐다.

그는 영미권 서가에서 『미국의 목가』를 찾아냈다. 다행히 그 책은 필립 로스의 다른 책 사이에 얌전하게 꽂혀 있었다. 자신이 빌린 책인지 확인하기 위해 책 마지막 페이지를 펼쳤다. 거기에는 그의 이름 초성과 같은 단어에 연필로 동그라미가 그려져 있었다. 얼핏 봐선 알아차릴 수 없는 표식은 그가 책을 읽었다는 증거였다.

그가 책에 흔적을 남기기 시작한 건 미셸 우엘벡의 『어느 섬의 가능성』을 읽고 난 뒤부터였다. 도서관에는 그동안 대출하고 반납한 책의 목록이 낱낱이 기록되어 있었다. 하지만 그것은 자신의 기록이 아니었다. 도서관의 필요에 따라 작성된 목록일 뿐이었다. 그래서 그때부터 자신만이 알아볼 수 있는 표식을 은밀하게 그리기 시작했다. 그날 이후 서가에서 자신의 표식을 발견할 때마다 그는 야릇한 희열을 느꼈다. 거대한 세계가 움직이는 원리의 비밀을 혼자만 아는 듯한 기쁨이었다.

자신의 표식을 확인하자 마음에 쌓여 있던 죄책감이 봄날의 눈처럼 녹아내렸다. 아직 반납을 확인해야 할 책이 남아 있었다. 그는 독일 작가들의 책이 있는 서가를 향해 돌아섰다.

헤르만 헤세, 토마스 만, 미하일 엔데, 귄터 그라스의 소설이 차례로 나타났다. 그리고 그가 찾는 W. G. 제발트의 책들이 보였다. 『이민자들』, 『아우스터리츠』, 『캄포 산토』가 나란히 서가에 꽂혀 있었다. 그런데 『토성의 고리』가 보이지 않았다. 그는 고개를 갸웃했다. 그가 알기로 인구 백만이 넘는 이 도시에서 제발트를 알고 있는 사람은 극히 드물었다. 실제 제발트의 소설은 1년에 두세 번 정도 대출되었다. 그건 제발트의 책이 전통적인 소설과 다른 산문이기 때문이었다. 따라서 누군 가 책을 빌려 갔을 가능성은 희박했다. 그렇다면 자신이 『토성 의 고리』를 반납하지 않은 것이다. 다른 사람이 대신 반납했 다면 한 권만 빠뜨리지 않았을 것이기 때문이었다. 혹시 다른 서가에 꽂혀 있는 게 아닐까. 실제 제발트의 책은 영국 작가들 틈에 끼어 있을 때가 종종 있었다. 아마도 교통사고로 작고하 기 전까지 영국에서 활동했기 때문인 듯했다. 그는 영미 서가 를 찾아보았다. 어느 도서관이든 영미 서가의 책들이 가장 많 았다. 그는 영미 서가를 돌아다니며 책을 찾기 시작했다.

이따금 제자리가 아닌 서가에 꽂혀 있는 책이 있었다. 그런 경우는 대부분 사서의 단순한 실수였기에 얼마 지나지 않아 제자리로 돌아갔다. 그런데 도서 목록에 없는 책을 발견할 때 가 종종 있었다. 바코드가 붙어 있지 않은 책을 그는 '유령 책' 이라고 이름 붙였다. 유령 책은 출생신고서를 받지 못한 사람 처럼 어떤 카테고리에도 속하지 못하고 서가 이곳저곳을 떠돌 아다녔다.

어느 날 그는 자신의 책 한 권을 슬며시 서가에 끼워 놓았 다. 유령 책이 어떻게 움직이는지 보고 싶어서였다. 한동안 문 학 서가에 꽂혀 있던 책은 얼마 뒤에 인문학 서가로 이동했다. 곧이어 여행 서가와 건축학 서가로 옮겨가더니 어느새 철학 서적 틈에서 심오한 표정을 짓고 있었다. 그 뒤에는 종교 서가에 자리를 잡았다. 그러다 떠돌이 생활이 시들해졌는지 처음 꽂아 놓은 문학 서가에 심드렁하게 꽂혀 있었다. 그리고 어느 날 홀연히 종적을 감추었다. 제멋대로 도서관 서가를 돌아다니던 유령 책이 처음부터 존재하지 않은 듯 연기처럼 증발해 버린 것이다.

그 후 그는 유령 책을 만들지 않았다. 그렇지만 유령 책들은 늘 존재했다. 서너 권의 유령 책은 사서들의 눈을 피해 은밀하게 도서관 서가를 제멋대로 돌아다녔다. 문득 『토성의 고리』가 유령 책이 되었을지 모른다는 생각이 들었다. 누군가 고의로 바코드라도 떼었다면 더 큰 문제였다. 눈 밝은 사서에게 발견될 때까지 책은 버림받은 탕아처럼 서가를 배회하게 될 것이다.

『토성의 고리』는 유령 책이 아니었다. 엄연히 정식 절차를 거쳐서 도서관에 반입되었고 독일 작가들의 서가에 들어갈 수 있는 '853-제42ㅌ'이란 고유 넘버를 부여받았다. 만약 『토성의 고리』가 유령 책이 되어 서가를 돌아다니고 있다면 그에게도 일부 책임이 있었다. 이는 곧 도서관을 좋아했던 그로서는 받아들일 수 없는 사태였다.

한 가지 위안이라면 필립 로스의 책이 제자리에 놓여 있는 걸 봐선 『토성의 고리』도 도서관 내부에 있을 확률이 높다는 것이었다. 그것은 책을 찾아서 제자리에 돌려놓을 수 있다는 것을 의미했다. 다행히 그는 시간이 많았다. 이 도서관에 있는 모든 책을 다 읽을 수 있을 정도로 시간이 많았다.

그는 중학교 2학년 때 처음 도서관을 찾아갔다. 두 권을 빌렸는데 하나는 덴마크 철학자 키르케고르의 『죽음에 이르는 병』이었고 또 한 권은 어느 일본 학자가 쓴 사후세계에 관한 책이었다. 사실 키르케고르는 이름에 끌려 빌렸다. 집에 와서 몇 줄을 읽었는데 술 취한 듯 머리가 어질어질해서 곧바로 포기했다. 하지만 사후세계에 관한 책은 처음부터 끝까지 읽었다.

당시 사후세계 즉 인간이 죽은 뒤에 일어나는 현상은 또래 아이들의 최고의 관심사였다. 그럴 수밖에 없는 건 극심한 육체적 변화에 시달리고 있었기 때문이었다. 하루가 다른 몸의 변화는 자신을 둘러싼 세계를 향한 호기심으로 발전했고 종국에는 죽음에 근접했다. 키르케고르의 난해한 문장과 달리 일본 학자가 쓴 사후세계에 관한 책은 열다섯 살의 그도 쉽게 이해할 수 있는 수준이었다.

일본 학자의 말에 의하면 인간이 죽게 되면 그 영혼이 가장 먼저 '정령계'로 간다고 했다. 그곳에서 영혼은 일종의 오리엔테이션을 거친 다음에 사후세계로 옮겨갔다. 사후세계는 지하 아홉 개, 지상 아홉 개의 공간으로 나누어져 있었다. 사후세계에 간 영혼은 그중 정해진 공간에서 영원한 안식을 취한다고 했다. 그 개념을 종교적으로 해석하면 지하 아홉 개의 공간은 지옥이며 지상의 아홉 개 공간은 천국이었다. 지상과 지하의 차이는 태양이었다. 즉 빛을 무한대로 받을 수 있는 최상층과 그 빛이 전혀 닿지 않는 지하 최저층은 극한의 대비였다. 나중에 성인이 되어서야 일본 학자의 이런 주장이 가당치 않다는 사실을 알았지만, 이런 사후세계의 개념은 오랫동안 그의 무의식을 차지했다.

그가 이렇게 어린 나이에 죽음에 관한 모든 걸 알고 싶었던 것은 일찍 돌아가신 아버지 때문이었다. 유년 시절 그는 아버지를 통해서 세상을 인식했다. 아버지란 프리즘을 통해서 외부 세계를 받아들인 것이다. 따라서 그가 생각하는 선의와 적의는 모두 아버지의 것이라고 할 수 있었다. 그런데 외부 세계를 투사하던 아버지가 불의의 사고로 갑작스럽게 세상을 떠나자 그의 세계는 단번에 모래성처럼 무너졌다. 스스로 아무것도 판단할 수 없는 상황에 직면한 것이다. 그를 둘러싼 세계는 카오스였다. 옳고 그름을 분간할 수 없었고 선과 악은 한 몸처럼 뒤엉켜 있었다. 열다섯 살의 그가 죽음의 세계에 관해 알고 싶었던 건 이런 극심한 혼란에서 벗어나고 싶어서였다.

이런 계기로 시작한 책 읽기는 계속 이어졌다. 천장 높은 도서관에서 수많은 책을 탐독하던 그가 기억하는 또 하나의 책은 에리히 프롬의 『사랑의 기술』이었다.

고등학교 2학년 어느 날 버스 정류장에서 한 여학생을 본 이후 그는 전에 없는 감정의 소용돌이에 빠졌다. 여학생의 얼굴이 밤낮을 가리지 않고 어른거렸기 때문이었다. 상념은 외면하고 밀어낼수록 더 크게 부풀어서 걷잡을 수 없이 그의 영혼을 잠식했다. 아무것도 할 수 없었다. 세상 모든 일이 하찮게 보였다. 무엇보다 자신의 감정을 스스로 조절할 수 없다는 사실을 이해할 수 없었다. 뜬눈으로 밤을 보내는 날이 이어졌다. 이때 그는 인간이 육체보다 정신적인 고통에 더 취약하다는 사실을 깨달았다. 하굣길이면 버스 정류장을 맴돌았다. 서너 대의 버스를 보낸 끝에 나타난 여학생을 보는 순간 심장이 터질 것처럼 뛰었다. 도무지 이해할 수 없는 육체의 변화였다. 여학생과 눈 한번 마주치지 않았는데도 강한 자력磁力에 끌린 것처럼 몸이 반응한다는 사실을 믿을 수 없었다. 그는 이런 놀라운 변화의 근원을 알고 싶었다. 그래서 도서관 서가를 이 잡듯 뒤진 끝에 찾아낸 책이 바로 에리히 프롬의 『사랑의 기술』이었다.

그는 밤을 새워 책을 완독했다. 하지만 사랑은 명료하게 정리되지 않았다. 아니 더 모호했다. 에리히 프롬이 주창하는 『사랑의 기술』이 무엇을 말하는지 알 수 없었다. 에리히 프롬은 사랑을 수동적 감정이 아니라 활동이라고 했다. 또 사랑은 빠지는 게 아니라 참여하는 것이며 받는 게 아니라 주는 것이라고 했다. 그는 보호와 책임, 존경과 지식을 내재한 사랑의 능동적 성격을 이해할 수 없었다.

에리히 프롬의 주장을 선뜻 받아들일 수 없었던 또 다른 이유는 자신의 감정 상태와 일치하지 않았기 때문이었다. 그는 여학생으로부터 촉발된 감정의 흔들림이 내면을 잠식하여 혼돈에 빠지게 만든 인과의 과정을 해소할 수 없었다. 그는 혼란에서 벗어나고 싶었다. 그런데 책에는 그에 관한 해답이 없었다. 자신의 내면에서 끝없이 들끓어 용솟음치는 감정의 흐름에 관해서 에리히 프롬은 아무런 말이 없었다.

그는 여학생이 자신의 존재조차 모른다는 사실이 힘들고 괴로웠다. 오랜 생각 끝에 결론을 내렸다. 혼란의 감정을 끝낼 방법은 한 가지밖에 없었다. 그 여학생에게 자신의 감정을 고백하는 것이었다. 어떤 말을 해야 하는지 알 수 없지만 무조건 만나야 한다고 생각했다.

여학생이 다가오자 손에 땀이 나고 얼굴이 화끈거렸다. 이윽고 정류장에 도착한 여학생이 안내판을 올려다보았다. 버스가 도착하기까지 남은 시간은 불과 몇 분이었다. 그는 우리에 가둔 짐승처럼 날뛰는 심장을 가까스로 달래며 여학생에게 다가갔다. 절박함이 그를 움직이게 만든 것이다.

여학생이 그를 돌아보았다. 그 순간 그는 천천히 돌아섰다. 아니 돌아설 수밖에 없었다. 여학생의 맑은 두 눈에서 어떤 감정도 읽을 수 없었기 때문이었다. 그가 난생처음 느낀 사랑의 감정은 그렇게 허무하게 끝났다. 그러나 사랑이란 충동적인 감정이 아니라 배우고 가르칠 수 있는 기술이며 근원적인 고독을 극복할 유일한 방법이란 것만은 지금도 선명하게 기억하고 있었다.

성인이 된 그는 속한 무리에서 늘 앞에 섰다. 그리고 침묵하는 자들을 향해 비난을 퍼부었다. 침묵은 약자들의 항변이었다. 그것은 아무도 보지 않고 귀 기울이지 않는 공허한 외침이었다. 침묵은 죽은 자들의 언어였다. 자신의 실수와 치부를 감추기 위해 입을 닫은 것이 침묵이었다. 그는 목소리를 높였다. 자기 생각을 누구나 들을 수 있게 크게 소리쳤다. 하지만 세상은 그가 원하는 걸 내어주지 않았다. 돌아갈 수 없는 지점에 도달해서야 그는 이 평범한 진리를 깨달았다. 그런 그에게 남은 건 모든 가능성이 사라진 하나의 길밖에 없었다. 자신에게 주어진 그 많은 기회가 신기루처럼 사라진 것이다. 비로소 현자들이 침묵하는 이유를 알았지만 이미 늦은 뒤였다. 무대는 막을 내렸고 청중은 모두 집으로 돌아갔다. 자신의 말을 들어줄 사람이 아무도 없었다.

한동안 잊고 있던 도서관을 찾기 시작한 건 그즈음이었다. 오랜만에 찾아간 도서관에서 날 선 마음이 올올이 풀어졌다.

그리고 전에 느낄 수 없었던 고요와 침묵을 만났다. 도서관의 고요는 무無의 고요가 아니었다. 침묵이 만든 고요였다. 모두의 상념이 하나로 모일 때 만들어지는 깊은 정적이었다. 그는 도서관에서만 만날 수 있는 고요와 침묵에 서서히 빠져들었다. 고요 속에서 책을 읽으면 알 수 없는 충일감에 휩싸였다. 고요한 서가를 거닐면 보잘것없는 자신의 삶에 새로운 길이 만들어지고 있다는 느낌이 들었다.

도서관은 저마다 크기와 형상이 달랐다. 심지어 서가에서 풍기는 냄새까지도 전부 달랐다. 오래된 도서관에선 묵은 책 냄새가 났다. 시간의 흐름에 서서히 마모되어 가는 종이에서 나는 특유의 냄새였다. 백 년 이상 된 고서에서 풍기는 냄새를 우디woody향이라고 했다. 실제 종이는 썩어가는 과정에서 바닐린, 벤즈알데하이드, 푸르푸랄 같은 화학물질이 만들어졌다. 우리가 헌책에서 바닐라, 아몬드, 단맛과 달콤한 빵 냄새를 맡게 되는 건 바로 이 때문이었다.

오래된 책에서 나는 냄새는 기억의 총합이었다. 책을 읽은 사람의 기억이 책에 스며들어 차곡차곡 쌓인 다음 발효되듯 기억의 냄새가 만들어졌다. 이따금 도서관에서 빌린 오래된 책에 얼굴을 묻고 냄새를 맡았다. 그러면 한 번도 본 적 없는 사람들의 모습이 희미하게 떠올랐다. 한 여인을 사랑하는 청년의 행복한 얼굴과 남편을 기다리는 젊은 아내의 기대에 찬 얼굴과 어린 딸을 사랑스러운 눈길로 바라보는 엄마의 얼굴과 주름진 얼굴에 안경을 쓴 할아버지의 얼굴이 차례로 떠올랐다.

그래서일까. 그는 휘발유 냄새를 풍기는 새 책보다 오래된 책이 있는 도서관을 즐겨 찾아갔다. 그곳에 세상 어디에도 존재하지 않는 기억의 냄새가 있었기 때문이었다.

도서관마다 책들의 고유 넘버가 달랐다. 그가 찾고 있는 『토성의 고리』는 제주 한라도서관에서 '853-제42토'였고 원주 시립도서관에서는 '853-제548ㅌ'이란 넘버를 달고 있었다. 문학 서가에 꽂혀 있는 다른 책들도 도서관마다 그 순서가 조금씩 달랐다. 그 미세한 차이는 그에게 아무런 의미가 없었다. 그에겐 읽은 책과 읽지 않은 책이 있을 뿐이었다. 더 세분하면 읽고 싶은 책과 읽고 싶지 않은 책으로 나눌 수 있었다.

처음부터 그렇게 구분한 건 아니었다. 도서관을 드나들기 시작한 초기에는 주로 흥미 위주의 소설을 읽었다. 그런데 어느 정도 시간이 지나자 그런 소설들이 시들해졌다. 소재와 형식의 차별성만 있을 뿐 대부분 시작과 결말이 비슷했기 때문이었다.

그때부터 그는 인간의 삶을 진지하게 고찰하는 소설을 읽기 시작했다. 그때부터 사물을 바라보는 시선이 웅숭깊어졌다. 사물의 외부가 아닌 드러나지 않는 이면이 보이기 시작한 것이다. 도무지 속내를 알 수 없는 인간의 마음도 조금씩 보였다. 인자한 웃음에 시기가, 정중한 배려에 질시의 마음이 숨겨져 있다는 게 맑은 물속처럼 훤하게 들여다보였다.

화자들의 시선은 달랐다. 그들은 삶의 모순과 부조리에 정면으로 맞서 싸우며 자신의 길을 나아갔다. 비록 그 과정에서 모든 걸 잃었지만, 절대 두려워하지 않았다. 그 목적지점에 설령 죽음이 기다리고 있어도 그들은 포기하거나 물러서지 않았다. 그 죽음은 무의미한 소멸이 아니라 삶의 범속함을 자유 의지로 벗어난 희열이었기 때문이었다.

이처럼 좋은 소설을 읽는 행위는 더할 나위 없는 삶의 기쁨이었다. 누군가 직접 글을 쓰라고 했을 때 그는 고개를 가로저었다. 그는 자신을 알았다. 글을 쓸 능력이 없었다. 대신 그는 도서관 서가를 가득 채운 책들을 읽는 것에 만족했다. 그는 어떤 책이라도 쉽게 페이지를 넘기지 않았다. 비록 완성도가 부족해도 글에 작가의 영혼이 깃들어 있다고 생각했기 때문이었다. 그럴 때면 그는 가만히 눈을 감고 글쓴이들을 마음속으로 응원했다. 그것은 세상에 존재하는 모든 작가를 위한 그만의 존경 의식이었다.

영미 서가를 빽빽하게 채운 책들이 오랜만에 나타난 그를 보고 반가워했다. 한때 자신의 내면을 흔들던 책들이었다. 그는 긴 방황 끝에 돌아온 탕아처럼 감회 어린 시선으로 책들을 바라보았다. 책 한 권을 꺼내 펼쳤다. 단어와 문장에 숨어 있던 경구가 묵은 먼지처럼 피어올랐다. 책에 얼굴을 묻고 냄새를 맡았다. 그런데 여느 때와 달리 기억의 냄새가 나지 않았다. 그랬다. 그동안 많은 일이 있었다. 그 일이 모든 것을 가져가버렸다.

그는 치밀어 오르는 감정을 억누르고 서가를 하나씩 꼼꼼하게 살펴보았다. 『토성의 고리』는 없었다. 영미 작가의 서가를 샅샅이 뒤졌지만, 책은 보이지 않았다. 하지만 그는 실망하지 않았다. 영미 서가는 도서관 전체에서 지극히 작은 일부에 불과했다. 그는 스페인 서가를 향해 돌아섰다. 그곳 역시 영미 작가 못지않게 많은 작가의 작품이 포진하고 있었다.

세상에는 자리를 찾아 헤매는 사람들이 수없이 많았다. 그들은 어떤 카테고리에도 속하지 못한 사람들이었다. 세상은 가혹했다. 어딘가에 속하기 위해선 부단한 노력은 물론이고 많은 걸 희생해야만 했다. 기존 질서와 카테고리에 들어가기 위한 선결 조건은 복종이었다. 복종을 위해선 모든 걸 버려야 했다. 개성과 가치를 버리고 복종을 맹세한 뒤에야 비로소 자리를 차지할 수 있었다. 복종을 거부한 사람은 철저하게 배척당했다. 어디에도 속하지 못하고 떠돌아다니는 유령이 되었다.

한때 그는 누구나 부러워하는 자리를 선점했다. 그런데 그는 그 자리에 만족하지 못했다. 더 좋은 자리, 더 높은 자리에 올라가고 싶었다. 세상의 이치는 간명했다. 과도한 욕망은 선점한 자리까지 위태롭게 만들었다. 그는 결국 부여받은 넘버를 빼앗기고 카테고리에서 쫓겨났다. 그때부터 어디에도 속하지 못한 채 세상을 부유했다. 더 높은 자리로 가는 게 아닌 원래의 자리를 되찾는 일도 쉽지 않았다. 많은 사람이 그 자리를 원했기 때문이었다. 그는 새로운 도시에 들어설 때마다 기대를 품었다. 그러나 자리를 찾을 거란 기대는 늘 헛된 바람이었다. 끝내 자리를 찾지 못한 그는 쓸쓸히 도시를 떠날 수밖에 없었다.

스페인 서가에도 『토성의 고리』는 없었다. 오래전 탐독하던 하비에르 마리아스의 책들이 눈에 띌 뿐이었다. 그는 바로 옆의 이탈리아 서가로 넘어갔다. 조르조 바사니와 엘레나 페란테의 책들이 보였지만, 제발트의 책은 보이지 않았다. 프랑스 서가로 옮겨갔다. 당대를 주름잡은 프랑스 문호들의 소설이 빽빽하게 꽂혀 있었다. 그곳에서도 『토성의 고리』는 찾을 수 없었다. 곧바로 일본과 중국 문학 서가를 돌아본 그는 한국 문학 서가로 들어갔다. 만약 이곳에도 없다면 문학이 아닌 카테고리를 찾아봐야 할 것이었다.

한국 문학 서가는 영미 작가 다음으로 책이 많았다. 특별히 엄선하는 외국 작가와 달리 한국 작가들은 출간과 동시에 넘버를 부여받는 특혜를 누렸다. 만약 『토성의 고리』가 한국 문학 서가에 꽂혀 있다면 그것은 백색 바둑통에 검은 바둑알이 섞여 있는 것과 같았다. 이는 곧 사서들의 눈에 쉽게 띈다는 걸 의미했다. 그는 『토성의 고리』가 검은 바둑알처럼 한국 문학에 끼어 있길 바라면서 ㄱ으로 시작되는 서가부터 책을 찾기 시작했다.

그는 『토성의 고리』를 끝까지 읽지 못했다. 8장 초반 미들턴에서 돌아온 화자가 싸우스월드의 크라운 호텔 바에서 '코르넬리스 드 용'이란 네덜란드인을 만나서 두 나라의 성장과 쇠퇴에 관한 대화를 나누는 대목까지 읽었다. 백 헥타르가 넘는 땅을 사들이기 위해 써픽을 찾아온 네덜란드인이 화자에게 사탕수수 재배와 설탕 거래를 독점한 소수 가문이 거둔 엄청난 부를 과시하기 위해 예술에 투자했다는 사실을 알려주는 내용이었다. 『토성의 고리』는 358페이지였고 총 열 개의 장으로 나누어져 있었다. 속지와 번역자의 말을 제외한 본문은 335페이지였다. 따라서 그는 나머지 백여 페이지를 읽지 못했다.

그는 한번 손에 든 책은 내용이 아무리 부실해도 끝까지 읽었다. 중도에 그만두지 않고 완독하는 것은 좋고 나쁨을 떠나서 글을 쓴 작가에 대한 존경심 때문이었다. 짧든 길든 좋든

나쁘든 하나의 이야기를 완성하는 건 아무나 할 수 있는 일이
아니었다. 책의 완성은 굳은 의지의 산물이었다. 이런 이유로
그는 어떤 책이든 한 단어 한 문장을 허투루 대하지 않았다.

그런 그가 『토성의 고리』를 끝까지 읽지 못한 건 그럴 만한
이유가 있었다. 그건 자의가 아니었다. 갑자기 책을 읽을 수 없
는 상황에 직면했기 때문이었다. 이는 책의 반납을 확인하기
위해 도서관을 찾아온 것과 밀접한 관계가 있었다.

한국 서가의 반을 뒤졌지만, 『토성의 고리』는 좀처럼 나타
나지 않았다. 쉽게 찾을 수 없어서일까. 반납만을 확인하려던
처음 생각과 달리 이젠 읽지 못한 뒷부분이 궁금해졌다. 가만
생각하면 그때 읽지 못한 부분을 지금 읽지 못할 이유가 없었
다. 어쩌면 지금이야말로 누구의 방해도 받지 않고 마음껏 책
을 읽을 수 있었다.

그는 서가를 한 칸씩 나아가면서 W. G. 제발트를 생각했다.
그의 산문은 지금까지 읽은 글 중 가장 독특하고 창의적이었
다. 그의 글에 나타나는 소재의 폭은 너무나 다양했다. 문학,
건축, 의학, 전쟁, 역사를 비롯한 모든 분야를 망라하고 있었
다. 글의 형식 또한 그 무엇으로도 정의할 수 없었다. 개인에서
가족으로 점진적으로 나아간 기록은 국가의 역사를 거쳐서 전
유럽을 쑥대밭으로 만든 전쟁에 도달했다. 이런 이유로 책을

읽다가 잠시 딴생각을 하면 맥락을 벗어나기 일쑤였다. 특이하게도 제발트의 책에는 흑백 사진이 빈번하게 실려 있었다. 해묵은 창고에서 꺼낸 듯한 사진들은 책을 읽는 독자에게 묘한 감정을 불러일으켰다. 문장의 빈틈, 즉 허구성을 오래된 사진이 뒷받침하여 메워주기에 제발트가 만든 픽션의 세계에 속절없이 빠져들게 만드는 것이다. 단언하면 W. G. 제발트 글은 모든 정형화에서 벗어나 있었다.

독일 남부 알고이 지역의 베르타흐에서 태어난 제발트는 1966년 영국으로 이주해서 맨체스터 대학에서 석사 학위를 받았다. 이스트앵글리아 대학에서 문예학을 가르치며 글을 쓰던 그는 2001년 노리치 근처에서 불의의 교통사고로 세상을 떠났다. 그가 오늘날까지 살아 있다면 어떻게 되었을까. 아마도 세상에 없는 더 많은 작품을 쓰고 부수적으로 노벨문학상도 받았을 것이었다.

그런데 제발트의 책은 대체 어느 서가에 숨어 있는 걸까. 오래 묵은 책이라면 냄새를 쫓아가서 찾을 수 있었다. 하지만 지어진 지 5년밖에 되지 않은 이 도서관 서가를 가득 채운 책은 대부분 새것이었다. 그는 자꾸만 흩어지는 의식을 모으며 계속 서가를 확인해갔다.

한국 문학 서가가 거의 끝나갈 무렵 나비 문양이 찌르듯 들어왔다. 그는 떨리는 손으로 책을 꺼냈다. 한 남자가 붉은 노을이 가득한 시골길을 걸어가는 표지가 눈앞에 나타났다. 그토록 찾아 헤매던 W. G. 제발트의 『토성의 고리』였다. 그런데 어째서 독일 서가에 있어야 할 책이 한국 문학 서가에 꽂혀 있는 걸까. 아마도 누군가 실수한 게 틀림없었다.

하지만 아직 끝난 게 아니었다. 그는 조심스럽게 책의 마지막 페이지를 펼쳤다. 표식이 있었다. 345페이지 일곱 번째 줄 '테크 공작부인은 촘촘하게 짠 베일들이 넘실거리는'이란 문장과 열다섯 번째 줄의 '토마스 브라운은 널리 진실로 오인되는 견해'라는 문장에 연필 자국이 희미하게 그어져 있었다. 분명 자신이 빌린 책이었다. 누가 반납했는지 알 수 없지만 『토성의 고리』는 도서관에 돌아와 있었다. 그런데 한 가지 의문이 들었다. 책을 다 읽지 못했는데 왜 표식을 한 걸까. 기억이 뒤죽박죽이었다. 짧은 단상이 떠올랐지만, 이어지지 못하고 끊어졌다. 아마도 갑작스럽게 일어난 그 일 때문인 것 같았다.

그는 펼친 책에 얼굴을 묻었다. 기억의 냄새가 희미하게 풍겨 나왔다. 산산이 흩어져 있는 기억을 하나둘 끌어모았다. 먼저 행복한 기억이 떠올랐다. 그의 삶에서 가장 중요했던 성취의 순간이었다. 기쁨의 순간은 오래 가지 못했다. 뒤이어 견딜 수 없이 고통스러운 기억이 떠올랐다. 그땐 모든 순간이 영원히 끝나지 않을 것 같았다.

그러나 돌이켜보면 영원한 건 아무것도 없었다. 고통도 기쁨도 모두 짧은 순간에 불과했다. 행복과 불행은 동전의 양면처럼 한 몸이었다. 오늘의 행복이 내일의 고통이 되고 오늘의 고통이 내일의 기쁨으로 변하는 경우가 허다했다. 사람도 마찬가지였다. 살을 내어줄 만큼 아꼈던 사람들이 배신하여 떠났고 예상치 못한 사람이 도움의 손길을 내밀어주었다.

자신의 자리를 찾기 위해 수많은 날을 거리에서 방황했다. 그 간절함은 내내 그를 고통스럽게 만들었다. 하지만 돌아보면 고통만 있었던 게 아니었다. 그렇다면 아마도 견딜 수 없었을 것이다. 돌이켜보면 모든 일이 적절하게 균형을 이루었다고 할 수 있었다.

지금 와서 그것의 경중을 따져서 뭐 할 건가. 그는 자신의 어리석음을 탓하며 머릿속에 떠오른 기억의 단상을 먼지처럼 털어냈다. 그제야 마음이 홀가분해졌다. 과거는 중요하지 않았다. 지금 순간이 중요했다. 그랬다. 지난 시간을 돌아보는 것보다 그때 중단한 책을 다시 읽는 것이 더 중요했다.

회한에서 깨어난 그는 『토성의 고리』를 들고 좌석을 찾아갔다. 그가 좋아하는 좌석은 도서관 앞 개울이 내려다보이는 창가 자리였다. 이상하게도 그 자리가 편했다. 다른 좌석에서 집중하지 못한 책도 그 자리에 앉으면 금방 몰입할 수 있었다.

그는 고요와 침묵에 휩싸여 있는 열람실을 가로질렀다. 책상은 먼지 한 점 없이 정갈하게 닦여 있었다.

자리에 앉자 복잡하게 뒤엉켜 있던 머릿속이 차분하게 가라앉았다. 그는 천천히 책날개를 펼쳤다. 하얀 수염을 기른 W. G. 제발트의 얼굴이 나타났다. 잠시 제발트의 얼굴을 들여다보던 그는 그때 중단한 부분을 찾아서 책을 읽기 시작했다. 언제나 그랬듯 그는 빠르게 제발트가 만든 세계로 들어갔다. 그리고 시대의 혼란에 빠진 화자의 뒤를 쫓아갔다.

9장이 끝날 무렵 종합자료실 창구 뒷벽에 걸려 있던 시계가 자정을 알렸다. 그 순간 여기저기서 수런거리는 소리가 들려왔다. 계단을 올라오는 발소리와 가볍게 기침하는 소리였다. 잠시 후 출입문이 스르르 열리면서 사람들이 들어왔다. 그들은 서가 곳곳으로 흩어져 책을 고른 다음 각기 자리를 잡고 앉아서 책을 읽기 시작했다. 천장 높은 종합자료실 바닥에서 침묵이 만든 고요가 찰랑거리는 소리가 들려왔다.

책에 깊이 빠진 사람들을 바라보던 그는 다시 책으로 시선을 돌렸다. 그리고 흐트러진 의식을 모아서 이젠 친구가 된 제발트가 쓴 『토성의 고리』 10장을 읽기 시작했다.

라이프가드

유지는 나비가 되어 바다를 날아가는 꿈을 꾸었다. 바다는 넓었다. 아무리 가도 육지가 나타나지 않았다. 유지는 쉬고 싶었다. 그러나 사위를 돌아봐도 쉴 곳이 보이지 않았다. 유지는 점차 지쳤다. 돌아갈 곳을 지나친 지 이미 오래였다. 하지만 포기할 수 없었다. 도달하고자 하는 곳에 모든 것이 있었기 때문이었다. 이윽고 마지막 힘을 소진하자 날개가 멈추었다. 바다를 향해 추락하는 순간 유지는 눈을 떴다. 술 냄새를 풍기는 엄마의 얼굴이 보였다.

"짐 챙겨."

유지는 일어나서 주섬주섬 짐을 쌌다. 꼭 필요한 물건만을 넣었는데 여행 가방이 꽉 찼다. 나머지 물건은 비닐봉지에 담아 쓰레기통에 버렸다. 각자의 여행 가방을 든 두 사람은 골목을 나가서 택시를 잡았다. 고속버스 터미널에 도착한 엄마는 목적지 이름이 적힌 전광판을 한참 동안 올려다봤다. 그런 다음 어딘가로 전화를 걸었다. 짧은 통화를 끝낸 엄마는 창구로 가서 표를 끊어왔다. 두 사람은 여행 가방을 수화물 칸에 넣고 고속버스에 올랐다. 출근길 꽉 막힌 도로를 뚫고 달려간 버스는 고속도로에 진입했다.

다섯 시간 뒤에 버스는 낯선 이름의 터미널에 도착했다. 버스에서 내린 엄마는 전화를 걸었다. 잠시 후 두 사람은 터미널을 빠져나가 택시를 탔다. 시가지를 빠져나간 택시는 바다로 흘러드는 강을 건넜다. 드넓은 하구에 갈대가 무성했다. 선글라스를 쓴 운전사는 라디오에서 흘러나오는 노래를 흥얼거리며 강변도로를 달려갔다.

잠시 후 바다를 배경으로 우뚝 선 골리앗 크레인이 나타났다. 택시가 오르막을 올라가자 속이 텅 비어 있는 배가 보였다. 열린 차창으로 짠 냄새가 흘러들어 왔다. 유지는 낯선 풍광을 무덤덤한 시선으로 바라보았다. 항구에 들어선 택시는 복잡한 시장 거리를 지나 해안도로를 달려가서 바다가 보이는 해변 마을 입구에서 멈춰 섰다.

택시에서 내리자 한 중년 남자가 환하게 웃으며 다가왔다.

남자 옆에는 낯빛이 하얀 여자아이가 두려움과 호기심이 섞인 눈빛을 반짝거리고 있었다. 유지는 늘 그랬듯이 남자에게 가볍게 고개를 숙였고 여자아이에겐 모호한 미소를 지었다. 그들은 한산한 도로를 건너 주택가로 들어갔다. 식당 앞 평상에 앉아 있던 여자들이 눈을 동그랗게 치켜뜨고 엄마를 쳐다보았다. 엄마는 평소와 달리 상냥한 서울말로 그들에게 인사했다. 여자들이 서로를 돌아보며 어색한 표정을 지었다.

2층 양옥집 마당에는 잡초가 무성했다. 집 안은 더 엉망이었다. 주방 싱크대에는 밥그릇이 잔뜩 쌓여 있고 냉장고에는 유효 기간이 한참 지난 냉동식품이 수북하게 쌓여 있었다. 세탁기에는 젖은 빨랫감이 뒤엉켜 있고 화장실 양변기와 세면기는 물때가 싯누렇게 들러붙어 있었다.

집 안을 돌아본 엄마가 흥미로운 표정을 지었다. 여행 가방을 안방 침대에 올려놓은 엄마는 옷을 갈아입고 머리를 질끈 묶은 다음 집 안 정리에 나섰다. 엄마의 손길은 가차 없었다. 냉장고에 든 음식을 전부 쓰레기통에 버렸고 접시와 그릇까지 폐기 처분했다. 주방을 정리한 엄마는 욕실로 들어갔다. 양변기와 세면기의 묵은 때가 벗겨지는 동안 세탁기가 비명을 지르며 더러운 구정물을 울컥울컥 쏟아냈다. 그 모습을 지켜보던 남자가 유지를 돌아보았다.

남자를 따라 계단을 올라가자 2층 복도 좌우에 방이 하나씩 있었다. 남자는 서쪽 방문을 열기 전 유지에게 미안하다는 표정을 지었다.

"난 네가 남자아이인 줄 알았다."

유지는 방에 들어선 뒤에야 그 이유를 알았다. 작은 서창西窓이 있는 방은 오랫동안 사용하지 않은 듯 퀴퀴한 냄새가 났다. 방 한쪽에는 오래된 옷장과 책상이 놓여 있었다. 침대는 새로 산 듯 매트리스가 비닐 커버에 쌓여 있었다. 유지는 그것만으로 기뻤지만, 내색하지 않았다. 유지는 남자를 향해 싱긋 웃었다.

"좋은데요."

"나중에 새것으로 바꿔주마."

유지가 가볍게 머리를 숙이자 어색한 표정을 짓고 서 있던 남자가 방을 나갔다. 유지는 여행 가방을 한구석에 세워두고 침대에 벌렁 드러누웠다. 유지는 창문 너머 산마루에 떨어진 햇살을 지켜보다 설핏 잠이 들었다.

그날 저녁, 네 사람은 식탁에 마주 앉았다. 식탁에는 탕수육과 짜장면이 놓여 있었다. 남자는 뭔가 중요한 얘기를 하고 싶은 듯 입술을 달싹거렸지만, 끝내 입을 열지 않았다. 대신 엄마가 진희를 쳐다보며 다정한 목소리로 식사하자고 말했다. 네 사람은 중요한 의식을 치르듯 검은 면발과 기름에 튀긴 돼지

고기를 먹기 시작했다. 엄마가 남자의 입가에 묻은 짜장을 닦아주자 진희가 흘끔 쳐다보았다. 유지는 모른 척 탕수육을 입안 가득 욱여넣었다. 유지는 자신이 할 일을 잊지 않았다. 남자가 가벼운 질문을 던질 때마다 사뭇 진지한 표정으로 대답했다. 식사가 끝나자 엄마가 차와 과일을 내놓았다. 두 사람은 커피를 마셨고 유지와 진희는 사과를 아삭아삭 썰어 먹었다.

다음 날 아침 일찍 일어난 엄마의 집안일은 계속되었다. 평소 정오가 넘어서야 눈을 뜨던 엄마는 피곤한 기색이 역력했다. 그런데도 엄마는 잠시도 쉬지 않고 몸을 움직였다. 유지는 그런 엄마가 낯설었다. 엄마는 미다스의 손이었다. 손길이 닿는 곳마다 냉장고와 에어컨 같은 가전제품부터 소파, 커튼, 식탁, 그릇까지 전부 새것으로 바뀌었다. 심지어 잡초 무성하던 마당까지 파릇파릇한 양잔디가 깔렸다. 엄마는 새로운 땅에 안착한 잡초처럼 무서운 기세로 뿌리를 뻗어 나갔다. 그렇게 몇 달이 지나자 폐허의 기운이 가득하던 해변 마을의 양옥집은 완전히 새로운 집으로 변했다.

유지는 매일 마을을 돌아다녔다. 자신의 새로운 영역을 확인하듯 마을 구석구석을 주의 깊게 살폈다. 해변 마을에는 식당과 횟집과 민박집과 모텔이 많았다. 그러나 오가는 사람은 별로 없었다. 진희 아빠는 해수욕장이 개장하는 여름 한 철을 제외하면 늘 고즈넉하다고 알려주었다. 마을 곳곳에는 공터가 많았다. 주택가는 물론이고 해변과 닿은 거리에도 이빨 빠진 듯 공터가 있었다. 칠이 벗겨진 바이킹과 디스코팡팡도 보였다. 기계를 움직이는 조종실은 문이 잠겨 있고 페인트가 벗겨진 벽에는 욕설이 잔뜩 적혀 있었다. 머릿속에 해변 마을의 지도가 완성되자 유지는 마을에서 20분 정도 떨어진 항구를 돌아다니며 새 지도를 그리기 시작했다.

유지는 온종일 항구 곳곳을 돌아다녔다. 선창에 정박한 어선이 몇 척인지 세어보았고 활어직판장을 돌아다니며 빨간색 고무 양동이에 담긴 이상하게 생긴 물고기들을 구경했다. 미로처럼 복잡한 공동 어시장을 빠져나와 야구 연습장을 기웃거렸다. 또 자기 또래 아이들이 단정한 교복을 입고 집으로 돌아가는 모습을 오랫동안 지켜보기도 했다. 해가 저물면 사람들이 북적거리는 횟집을 지나서 방파제에 올라갔다. 밤바다에 낚시꾼들이 던진 야광 찌가 반딧불처럼 반짝거렸다. 방파제 끝에 있는 등대의 나선형 계단을 올라가서 꼭대기 난간에 서면 불을 환하게 밝힌 항구의 전경이 내려다보였다.

엄마는 세상에 완벽한 진실은 없다고 말했다. 또 절대적인 거짓도 없다고 말했다. 따라서 오늘의 거짓은 내일의 진실이 되고 내일의 진실은 또 다른 날의 거짓이 된다고 주장했다. 그래서 유지는 저 찬란한 빛 속에 시기와 질투가 뱀처럼 똬리를 틀고 숨어 있다는 사실을 알고 있었다. 그런데도 어둠의 바다에 은하수처럼 점점이 흩뿌려진 빛으로 뛰어들고 싶었다. 그러면 한 마리 새처럼 훨훨 날아갈 것 같았다.

어느 날, 진희의 방문이 살짝 열려 있었다. 방문을 슬쩍 밀자 바다가 내려다보이는 큰 창이 보였다. 방으로 들어갔다. 한쪽 벽을 차지한 책장에 수백 권의 책과 화첩이 꽂혀 있었다. 유리 진열장에 마이센과 미라주의 자기 인형이 가지런하게 놓여 있었다. 옷장을 열어보았다. 처음 보는 브랜드의 옷들이 계절별로 걸려 있었다. 진희의 책상에는 처음 보는 노트와 필기구가 가득했다. 유지는 전신 거울 앞에 섰다. 머리카락은 수세미처럼 거칠었고 살결은 까무잡잡했다. 왼팔에는 화상 자국이 선명했다. 유지는 아이도 아니고 어른도 아닌 열여섯 살 자신의 모습을 뚫어지게 쳐다보았다.

그날 밤, 유지는 노트에 가지고 싶은 물건을 적었다. 컴퓨터, 운동화, 시계, 가방을 적고 나자 더 생각이 나지 않았다. 진희 방에서 본 물건들이 떠올랐다. 갑자기 갖고 싶은 물건들이 고구마 줄기처럼 떠올랐다. 이윽고 펜을 내려놓은 유지는 노트 양면에 빽빽하게 적힌 목록을 들여다보았다. 중요한 무언가 빠져 있었다. 다시 펜을 든 유지는 남은 여백에 커다랗게 '바다가 보이는 넓은 방'이라고 썼다. 글자를 한참이나 쳐다보던 유지는 목록이 적힌 종이를 갈기갈기 찢어 휴지통에 버렸다. 그런 다음 싸구려 침대에 누워 천장의 곰팡이 자국을 올려다보았다. 가슴이 답답했다. 유지는 벌떡 일어나서 여행 가방을 열어 수영 가방을 찾아냈다.

유지는 여섯 살 때 처음 수영을 배웠다. 집 근처에 있는 스포츠 센터에서 노란색 땡땡이 수영복을 입고 영법을 배웠다. 그리고 지금까지 꾸준하게 수영을 해왔다. 엄마를 따라 낯선 도시에 도착할 때마다 가장 먼저 수영장을 찾았다. 아무리 멀리 있어도 버스를 타고 물어물어 찾아갔다. 물에 들어가면 마음이 편했다. 물살을 가르면 아무런 생각이 나질 않았다. 엄마의 이해할 수 없는 행동과 남들과 다른 자신의 처지를 잊었다.

방문을 열자 진희가 자기 방문 앞에 우두커니 있었다. 계단을 내려가는데 진희가 불렀다. 진희가 유지를 부른 건 이 집에 온 뒤로 처음이었다. 진희는 밥 먹을 때도 유지의 눈을 쳐다보지 않았다. 유지는 계단 중간에서 걸음을 멈추고 진희를 올려다보았다.

"언니, 어디 가?"

언니라는 말이 낯설었다.

"수영하러."

"나도 따라가면 안 돼?"

진희의 눈에 두려움이 가득했다.

"무슨 일 있어?"

"흉측한 괴물이 나를 잡아먹었어."

중학교 1학년 진희가 여섯 살 아이처럼 울먹거리며 꿈을 이야기했다. 유지가 손짓하자 진희의 얼굴이 환하게 밝아졌다. 1층에 내려와서야 진희가 자기 방 앞에 유령처럼 서 있었던 이유를 알았다. 유지는 안방을 흘깃 쳐다본 다음 신발을 신었다. 둘은 현관문을 소리 없이 열고 마당으로 나섰다. 대문을 열자 눅눅한 바닷바람이 불어왔다. 큰길에 들어섰다. 늦은 밤 해변 마을은 젤리처럼 끈적끈적한 어둠에 잠겨 있었다. 도로변 쓰레기통을 뒤지던 고양이 한 마리가 야옹 울었다. 진희가 옆에 바짝 붙었다. 유지는 텅 빈 도로 한가운데서 걸음을 멈추고 진희를 돌아보았다. 뭔가 할 말이 있는데 생각나질 않았다. 콜라 캔을 걷어찼다. 공중을 날아간 캔이 고양이 앞에 떨어졌다. 고양이가 이빨을 드러내고 하악거렸다. 진희가 팔을 잡았다.

"언니, 집에 돌아가자."

"왜?"

"무서워."

"혼자 돌아가."

"싫어."

진희가 강하게 고개를 저었다. 유지가 몸을 홱 돌려 걷기 시작했다. 진희가 황급히 뒤를 쫓아갔다. 도로를 건너 골목에 들어서는데 개가 미친 듯 으르렁거렸다. 유지는 놀란 진희를 데리고 서둘러 그 집을 지나갔다. 공터 몇 개를 지나자 파도가 철썩거리는 소리가 들려왔다. 해변 입구 슈퍼마켓 앞에서 젊은 남자들이 술을 마시고 있었다. 유지는 그들을 흘긋 쳐다본 다음 모래사장으로 들어갔다. 폭죽은 눅진한 공기에 짓눌려 힘없이 산화했다. 뒤이어 쏘아 올린 폭죽도 불발이었다. 그러나 잠시 뒤에 동시에 쏘아 올린 폭죽이 번쩍거리며 터졌다. 밤하늘을 밝힌 폭죽을 바라보던 유지는 해안으로 내려갔다. 유지는 겉옷을 벗어 들고 뒤를 따라온 진희에게 물었다.

"여기 있을 거야?"

"응."

유지는 바닷물로 몸을 적셨다. 수면에 폭죽이 남긴 흔적이 기름띠처럼 번들거렸다. 천천히 물살을 갈랐다. 터질 듯 답답하던 가슴이 서서히 가라앉았다. 유지는 발로 물을 강하게 차면서 팔을 힘차게 뻗었다. 몸이 물고기처럼 앞으로 나아갔다. 시기와 질투의 마음이 스르르 녹아내렸다. 유지는 남쪽 백사장 끝을 향해 전속력으로 헤엄쳐 갔다.

백사장 끝에 도착해 뒤를 돌아보니 저 멀리 어둠 속에 진희가 돌덩어리처럼 앉아 있었다. 폭죽이 요란한 소리를 내며 날아올라 터졌다. 섬광에 진희의 자그마한 얼굴이 정지 화면처럼 나타났다 사라졌다. 진희를 보자 다시 마음이 일렁거렸다. 유지는 방향을 바꿔 먼바다를 향해 나아갔다. 물살이 반발하듯 몸을 밀어냈다. 유지는 거스르지 않았다. 잠시 호흡을 조절한 뒤에 돌아서는 물살의 빈틈을 파고들었다. 뒤를 돌아보니 해안이 아득하게 멀어져 있었다. 유지는 소리를 질렀다. 마음속 욕망이 오물처럼 울컥울컥 쏟아져 나왔다. 속을 깨끗하게 비운 유지는 해안을 향해 일직선으로 헤엄쳐 갔다. 모래사장에 올라서자 진희가 물었다.

"언니, 안 추워?"

"더워."

진희가 이해할 수 없다는 듯 고개를 갸웃거렸다. 수건으로 몸을 닦고 있을 때 한 무리의 사람들이 백사장으로 들어섰다. 슈퍼마켓 앞에서 술을 마시던 청년들이었다. 해안에 도착한 그들은 옷을 벗기 시작했다. 그들은 마지막 속옷까지 벗어 던지고 괴성을 지르며 바다에 첨벙첨벙 뛰어들었다. 유지는 옷을 입고 진희를 돌아보았다.

"가자."

"어딜?"

"집에 가야지."

집이라는 말에 진희가 힘없이 고개를 떨구었다.

"안 갈 거야?"

진희는 대답하지 않았다.

"가기 싫어?"

"응."

유지는 의아한 시선으로 진희를 쳐다보았다.

"왜 싫어졌어?"

진희가 잠시 생각한 뒤에 입을 열었다.

"집이 이상해진 것 같아."

"뭐가 이상해?"

집 안 곳곳에 깊이 뿌리를 내린 엄마의 촉수를 알아차린 걸까. 진희의 눈동자를 보자 심장이 뛰었다. 방에 있는 물건들이 생각났다. 지난 두 달 동안 제법 많은 짐이 늘어나 있었다. 어딜 가든 조금만 눌러앉아 있으면 저절로 짐이 늘어났다. 여행 가방 하나론 부족할 것이다. 무얼 가져가고 무얼 버릴까. 새벽녘 터미널 편의점에서 허겁지겁 먹어치우던 단팥빵과 바나나 우유 맛이 떠올랐다. 진희가 고개를 절레절레 흔들며 대답했다.

"뭔지 모르지만 그런 느낌이 들어."

"나쁜 꿈을 꿔서 그럴 거야."

유지는 백사장을 걷기 시작했다. 발이 푹푹 빠졌다. 모래 속이 뜨거웠다. 백사장 입구에서 신발의 모래를 깨끗하게 털어냈다. 그제야 두근거리던 심장이 차갑게 가라앉았다. 올 때와 다른 길로 들어섰다. 넓은 공터에 바이킹과 디스코팡팡이 어두운 밤하늘을 배경으로 괴물처럼 우뚝 솟아 있었다.

"언니, 바이킹 타봤어?"

"아니."

"디스코팡팡은?"

유지는 고개를 가로저었다. 진희가 바이킹을 올려다보며 힘없이 말했다.

"엄마가 아픈 뒤론 한 번도 타지 못했어."

진희 방 책상에 올려져 있던 액자가 기억났다. 놀이기구 앞에서 어린 진희가 엄마 손을 잡고 환하게 웃고 있는 사진이었다. 둘은 다시 걷기 시작했다. 주택가 공터에 한 남자가 소변을 보고 있었다. 술 냄새가 진동했다. 남자가 뒤를 홱 돌아보자 놀란 진희가 비명을 질렀다. 유지는 겁에 질린 진희 손을 잡고 뛰었다. 손은 작고 따스했다. 피의 흐름이 고스란히 느껴졌다. 도로에 들어선 뒤에 손을 놓았다. 진희의 거친 숨소리가 귓전을 간지럽혔다. 도로를 건너 골목으로 접어들었다.

"수영하면 기분이 어때?"

"답답한 게 싹 없어져."

"엄마 생각도 잊을 수 있을까?"

"그럴 거야."

"그럼 나도 수영할래."

"할 줄 알아?"

"아니."

집 앞에 도착하여 대문을 살그머니 열었다. 안방은 불이 꺼저 있었다. 현관문을 열고 들어간 유지와 진희는 발뒤꿈치를 들고 살금살금 나무 계단을 올라갔다. 각자 방으로 들어가기 직전 둘은 서로를 쳐다보며 웃었다.

주말 아침, 유지와 진희는 시내에 나갔다. 수영복을 사기 위해서였다. 해변을 다녀온 뒤 진희는 유지의 방을 수시로 들락거리며 수영을 가르쳐달라고 매달렸다. 유지는 단호하게 거절했다. 실내 수영장에서 영법을 배워야 한다는 게 유지의 생각이었다. 진희는 수영장이 있는 시내를 오가는 게 너무 힘들다며 막무가내로 고집을 피웠다. 뒤를 졸졸 따라다니며 졸라대는 바람에 유지는 난처했다. 이 모습을 지켜보던 엄마가 부탁하자 어쩔 수 없이 승낙했다.

버스 안에서 진희는 종알종알 온갖 얘기를 늘어놓았다. 덕분에 유지는 진희 엄마가 3년 전에 췌장암으로 세상을 떠났고 진희 아버지가 항구 곳곳에 많은 부동산을 소유한 재력가란 사실을 알았다. 진희의 꿈은 서양화가였다.

"언니는 어떤 화가를 좋아해?"

유지는 난감한 눈으로 진희를 바라보았다.

"고흐 아니면 샤갈?"

유지는 침묵했다.

"난 미대를 졸업하면 프랑스로 건너가서 르누아르, 모네, 마티스, 세잔처럼 프로방스를 돌아다니며 그림을 그릴 거야."

유지는 진희가 무슨 말을 하는지 알 수 없었다. 그런 사람들의 이름을 들어본 적도 없고 프로방스가 뭘 하는 곳인지 알지 못했다. 다만 그 낯선 단어를 처음 듣는 순간 라벤더 향기와 투명한 햇살과 한바탕 소나기가 쏟아진 뒤에 나뭇잎에 송골송골 맺힌 물방울이 떠올랐다. 동시에 시커먼 때가 잔뜩 낀 환풍기 날개가 덜덜거리며 돌아가는 소리와 혀끝을 자극하는 박카스 맛과 화투장을 노려보는 핏발 선 눈동자와 화장실 문을 활짝 열어놓고 오줌을 누는 여자들과 태엽 풀린 인형처럼 뒷골목을 돌아다니던 술 취한 남자들의 얼굴이 떠올랐다.

시내 중심가에 도착한 둘은 곧바로 가장 큰 백화점으로 들어갔다. 진희의 표정이 한껏 들떠 있었다. 수영복 매장에 도착한 진희는 유지에게 수영복을 골라 달라고 했다. 직원이 새로 나온 신상품을 보여주었다. 신중하게 수영복을 살펴본 유지는 파란색 바탕에 세로 줄무늬가 있는 수영복을 추천했다. 진희는 군말 없이 수영복을 선택했다. 그러고는 유지에게도 아빠 허락을 받았다며 수영복을 사라고 했다. 유지는 자신의 수영복을 골랐다. 나머지 필요한 장비를 산 둘은 쇼핑 가방을 들고 식당가로 올라갔다. 스테이크 전문점에 들어간 진희는 자리에 앉자마자 메뉴판도 보지 않고 음식을 주문했다. 잠시 후 음식이 나왔다. 유지가 당혹스러운 표정으로 포크와 나이프를 쳐다보고 있을 때 진희는 익숙한 손놀림으로 스테이크를 잘라 먹기 시작했다. 그 순간 유지는 진희가 자신과 다르다는 사실을 깨달았다. 서로 같은 공간에 살고 있지만, 서로가 속한 세계는 엄연히 달랐다.

7월에 들어서자 갑자기 해변 마을이 부산스러워졌다. 작업복을 입은 인부들이 지난 1년 동안 비바람을 맞고 있던 놀이기구를 말끔하게 칠했다. 새로운 옷을 갈아입은 바이킹과 디스코팡팡이 움직이기 시작하자 해변 마을 아이들이 몰려왔다. 유지는 난생처음 진희의 손에 이끌려 바이킹을 탔다. 배가 하늘로 솟구치자 심장이 벌렁거렸다. 헐거운 안전바가 풀어져서 몸이 앞으로 튕겨 나갈 듯했다. 심장이 콩알처럼 오그라든 유지와 달리 진희는 물 만난 고기처럼 환호성을 질렀다. 배 속이 느글거리고 하늘이 노랗게 변할 무렵 바이킹이 멈추었다. 유지는 진희의 손을 뿌리쳤다. 진희는 어쩔 수 없이 혼자서 디스코팡팡 위로 올라갔다. 청년은 온갖 저속한 농담을 지껄이며 원형의 기계를 아래위로 흔들었다. 디스코팡팡이 미친 듯 출렁거릴 때마다 아이들이 오리처럼 꽥꽥거렸다. 요즘 들어 부쩍 살이 오른 진희는 요동치는 디스코팡팡 위에서 중심을 잃지 않았다.

진희의 팔과 다리가 튼실해지고 볼살이 통통하게 오른 건 엄마 덕분이었다. 양옥집을 자신의 스타일로 뜯어고친 엄마는 요리 학원에 등록했다. 한 달쯤 지나자 국적 불명의 정체 모를 음식이 식탁에 올라왔다. 퓨전을 앞세운 요리를 볼 때마다 유지는 한숨을 푹푹 내쉬었다. 치즈를 품은 고등어구이와 건포도가 들어 있는 간장게장은 아무것도 아니었다. 맛과 향이 제멋대로인 음식을 뒤적거릴 때마다 유지는 역전 국밥집의 얼큰한 국물이 간절했다. 그런데 진희의 반응이 뜻밖이었다. 엄마가 만든 괴상한 요리를 게 눈 감추듯 맛나게 먹어치웠다. 이에 고무된 엄마의 요리는 더 복잡하고 괴이해졌다.

7월 중순 적재함에 물건을 잔뜩 실은 트럭들이 꼬리를 물고 해변 마을로 몰려왔다. 그들은 각기 다른 공터에 짐을 내리고 천막을 치기 시작했다. 며칠이 지나자 잡초가 무성하던 공터에 술집과 식당, 게임장과 통닭집이 생겨났다. 상인들이 공터에 자리를 잡고 나자 백사장에 수백 개의 파라솔이 설치되었다. 이윽고 해변 마을 입구에 해수욕장 개장을 알리는 플래카드가 걸렸다. 그때부터 기다렸다는 듯 사람들이 구름처럼 몰려들었다. 해변 마을로 들어오는 도로는 온종일 막혔고 마을 입구의 송림은 거대한 주차장으로 변했다. 해변에 면한 상가는 온종일 피서객들이 북적거렸고 백사장에선 폭죽 소리가 새벽까지 요란했다.

매일 오후, 유지와 진희는 엄마가 만들어준 간식과 물을 갖고 집을 나섰다. 둘은 사람이 북적거리는 해수욕장을 우회하여 남쪽 해변으로 내려갔다. 그곳에는 산자락에서 흘러내린 암반이 타원형으로 휘어져 있어 수심이 낮고 파도가 약했다. 작은 모래톱까지 있어 수영을 가르치기에 적합한 장소였다.

처음 며칠은 애를 먹었다. 진희가 겁을 먹고 매달렸기 때문이었다. 일주일 정도 지나자 몸이 물에 떴다. 그때부터 진희는 유지가 가르쳐주는 영법을 스펀지처럼 흡수했다. 덜 자란 개구리처럼 팔다리를 흔들던 진희는 한 주가 더 지나자 제법 모양을 갖추기 시작했다. 몇 미터도 못 가서 가라앉던 진희는 조금씩 거리를 늘려갔다. 그리고 한 달쯤 지나자 수십 미터를 왕복할 수 있게 되었다. 물에서 놀다 지치면 모래톱에서 바나나가 씹히는 샌드위치를 먹었다. 햇살은 눈이 부셨고 바람은 부드럽게 살결을 어루만졌다. 간간이 고깃배들이 하얀 항적을 남기며 지나갔다.

간식을 먹고 잠시 휴식을 취한 둘은 다시 바다에 들어갔다. 유지가 먼저 자유형, 평형, 배영, 접영을 순서대로 선보이면 진희가 그대로 따라 했다. 유지는 놀랐다. 진희가 영법을 익히는 속도가 너무 빨랐기 때문이었다. 그렇게 오후 내내 물에서 놀다가 해가 저물어갈 무렵이면 짐을 챙겨 집으로 돌아갔다. 저녁을 먹고 방으로 돌아와서 침대에 누워 있으면 진희의 하얀 발바닥이 떠올랐다. 자신의 목을 끌어안고 응석 부리는 목소리가 귓전에 아련했다. 그 천진난만한 웃음을 떠올리면 가슴에서 뭔가 뜨거운 게 치밀어 올랐다. 그것은 잠시 형상을 드러냈다가 심연으로 가라앉았다. 유지는 그 감정의 정체를 도무지 알 수 없었다. 궂은 날을 제외하고 꾸준히 연습한 결과 진희는 다른 영법은 몰라도 자유형만은 능숙하게 구사할 수 있었다.

8월 중순, 엄마와 함께 시내에 교복을 맞추러 갔다. 그동안 유지 몰래 전학을 준비하고 있었던 것이었다. 항구 마을에도 교복점이 있었지만, 엄마는 굳이 시내 규모가 큰 교복점에서 맞추길 원했다. 학교를 제대로 다녔으면 고등학교 1학년이었다. 그동안 학교를 밥 먹듯 빼먹는 바람에 중학교 3학년부터 다시 시작해야 했다. 덕분에 진희와 같은 교복을 입게 되었다. 치마는 무릎을 살짝 덮는 체크 무늬였고 재킷은 브라운이었다. 오랜만에 교복을 입어서인지 뭔가 어색했다. 하지만 엄마는 연신 예쁘다는 칭찬을 늘어놓았다. 교복점을 나온 두 사람은 근처 미용실로 갔다. 유지의 거친 머릿결을 살펴본 미용사가 한숨을 쉬었다. 두 시간 동안 미용실에서 머리를 한 뒤 이번에는 대형 문구점에 갔다. 유지는 좀처럼 필요한 학용품을 고르지 못했다. 뭐가 필요한지 알 수 없었기 때문이었다. 이를 지켜보던 엄마가 손에 잡히는 대로 집어 바스켓에 넣었다.
집으로 돌아가는 길, 택시가 방향을 바꾸었다. 택시는 바다가 내려다보이는 한 중학교 정문 앞에 멈춰 섰다. 유지는 백색 건물을 보는 순간 가슴이 두근거렸다. 방학 중인 학교는 조용했다. 엄마가 본관 앞 벤치에 앉아서 담배를 피우는 동안 유지는 건물 안으로 들어갔다. 유리창 너머의 교실은 정갈했다. 문은 잠겨 있었다. 그런데 복도 끝 교실 문이 열렸다. 잠그는 걸 깜빡 잊은 모양이었다. 유지는 창가 뒷자리에 앉았다. 운동장 너머 항구 전경이 보였다. 평화롭고 아름다운 풍경이었다. 고깃배들이 내항을 드나드는 모습을 지켜보던 유지는 시선을 돌려 얼룩 한 점 없는 칠판을 바라보았다.

유지는 낯선 교실에 앉을 때마다 자신이 이방인처럼 여겨졌다. 처음 본 아이들은 코흘리개 유치원생처럼 보였고 시간마다 들어오는 선생들은 철부지 대학생 같았다. 그들을 가만히 바라보면 머릿속이 맑은 물속처럼 훤히 들여다보였다. 무엇을 생각하고 무엇을 원하는지 낱낱이 알 수 있었다. 유지는 그 아이들을 바라볼 때마다 자신이 물에 뜬 기름이라고 생각했다. 아무리 깊은 강물이고 아무리 넓은 바다라도 영원히 섞이지 않을 것 같았다. 그럴 때마다 유지는 사물을 단순하게 보려고 노력했다. 사소하고 쓸모없는 것에 의미를 부여했다. 하지만 그 아이들과 똑같이 생각하고 똑같이 세상을 바라보는지는 자신이 없었다.

"어때?"

뒤를 돌아보니 엄마가 서 있었다. 유지는 쥐를 실컷 잡아먹은 고양이처럼 살이 오른 엄마를 쳐다보며 희미하게 웃었다. 엄마는 요즘 들어 부쩍 말수가 줄었다. 그건 좋은 현상이 아니었다. 아무렇지 않은 듯 보였지만, 곧 한계에 도달할 것이다. 그날이 오면 오늘 맞춘 교복을 버리고 해변 마을을 떠나야 했다. 그리고 무거운 여행 가방을 끌고 낯선 도시의 뒷골목을 기약 없이 돌아다니게 될 것이다. 엄마가 옆자리에 앉아 교실을 돌아보며 말했다.

"좋은 학교 같아."

기대와 불안감이 교차했다. 하우스에서 화투를 들여다보는 엄마의 표정은 생기가 넘쳤다. 그러나 일상에서는 모든 걸 귀찮아했다. 마치 백 년을 산 노인처럼 한없이 무기력했다. 유지는 아무것도 할 수 없었다. 그저 엄마가 제멋대로 자신의 삶을 결정하는 걸 지켜볼 수밖에 없었다.

어느 날 엄마가 집에 들어오지 않았다. 이틀, 사흘이 지나도록 아무런 연락이 없었다. 유지는 엄마를 찾으러 밖에 나가지 않았다. 일이 생겼을 때 그렇게 하기로 엄마와 약속이 되어 있었다. 나흘째 되던 날 유지는 여행 가방 속에 숨겨둔 비상금을 꺼냈다. 한 달하고 보름이 지났을 때 엄마가 초췌한 몰골로 돌아왔다. 엄마는 아무 일 없었다는 듯 콧노래를 흥얼거리며 유지의 머리를 감겨주었다. 그 순간 유지는 엄마에게 이유를 묻는 게 아무런 의미가 없다는 사실을 깨달았다. 그저 옆에만 있어준다면 그 어떤 부당함도 견딜 수 있다고 생각했다.

다음 날부터 유지는 독서실을 다니기 시작했다. 마음이 급했다. 그러나 생각과 달리 좀처럼 집중이 되지 않았다. 책을 펼치면 눈앞이 가물가물했다. 분명 배운 내용인데도 기억이 나질 않았다. 독서실의 좁은 책상이 감옥처럼 갑갑했다.

그런 어느 날 독서실 벽에 누군가 붙여 놓은 커다란 사진을 봤다. 남태평양 이스터 섬의 모아이 석상 사진이었다. 입술을 굳게 다물고 턱을 내민 석상의 이마는 좁았고 코는 높고 컸다. 낮고 오목한 눈에는 산호와 화산암이 박혀 있고 머리에는 푸카오pukao란 붉은색 돌로 만든 모자를 쓰고 있었다. 어딘가를 응시하고 있는 모아이 석상을 보는 순간 유지는 꿈이 생겼다. 진희가 프로방스를 돌아다니며 그림을 그리고 싶어 한 것처럼 자신도 모아이 석상을 보기 위해 이스트 섬을 찾아갈 것이었다.

유지는 교과서를 읽고 또 읽었다. 수백 번 읽어도 이해되지 않으면 통째 외웠다. 기억이 조금씩 돌아왔다. 온종일 책상에 앉아 교과서를 들여다보고 문제를 풀면 무거운 돌덩어리를 올려놓은 듯 어깨가 아팠다. 그러나 머릿속은 날아갈 듯 가벼웠다.

독서실을 나와 집으로 돌아가는 길에 모처럼 해변에 들렀다. 밤이 깊었는데도 해변에는 늦더위를 식히는 사람들이 제법 많았다. 백사장을 거닐던 유지는 진희를 발견했다. 진희가 홀로 밤바다를 헤엄치고 있었다. 남쪽 해변에서보다 많이 안정되었지만, 진희의 몸짓은 불안하고 위태로웠다. 남쪽 해안이 초원이라면 이 바다는 온갖 굶주린 짐승이 들끓는 정글이었다. 창백한 달빛을 품은 물결이 진희의 몸을 밀어냈다. 진희는 물러서지 않았다. 더 강한 힘으로 물살에 맞섰다. 몸의 중심이 무너졌다. 자칫 호흡을 놓칠 수 있었다. 유지는 수평선을 바라보았다. 똑바로 걸어가면 수평선에 닿을 것 같았다.

콘크리트처럼 단단한 바다를 응시하던 유지는 천천히 돌아섰다. 잔모래가 기분 나쁜 이물질처럼 살갗에 달라붙었다. 저 멀리 사내아이들이 백사장을 달리고 있었다. 그들은 중심축이 무너진 듯 모래 위에서 비틀거렸다. 폭죽이 날아올랐다. 그 어떤 형상을 만들지 못한 불꽃은 검은 바다에 추락하여 산화했다. 유지는 백사장 입구 벤치에 앉아 신발을 벗었다. 신발 안이 온통 모래였다. 진희는 남쪽 해변 끝에 도착해 있었다. 유지는 모래를 털어낸 운동화를 신었다. 산뜻한 감촉이 돌아왔다. 진희가 몸을 돌려 헤엄쳐 오고 있었다.

백사장을 빠져나가는 순간 유지는 자신이 진희에게 가장 중요한 걸 가르쳐주지 않았다는 사실을 깨달았다. 바다를 유영하는 데 가장 필요한 것이었다. 그걸 익히지 못한 사람은 결

코 바다를 이길 수 없었다. 책가방이 무거웠다. 이 무거움은 곧 익숙해질 것이다. 그리고 깃털처럼 가벼워질 것이다. 유지는 작은 창이 있는 자신의 방을 향해 걸어갔다.

8월 중순에 들어서자 물빛이 더 검푸르게 변했다. 바람의 끝자락이 서늘했다. 사람들이 북적거리던 해변이 눈에 띄게 한산해졌다. 횟집과 식당과 술집에서 일하는 사람들이 동작이 눈에 띄게 느려졌다. 온종일 귀청이 떨어져 나갈 듯한 음악에 맞춰 흔들리던 바이킹과 디스코팡팡이 멈추었다. 그것을 기점으로 통닭집과 통돼지 구이집과 인형 맞추기 가게가 차례로 문을 닫았다. 그들이 트럭에 짐을 싣고 하나둘 떠나자 마침내 해변 마을의 여름이 끝났다. 해수욕장이 폐장하던 날 아침, 진희의 시체가 바다에 떠올랐다.

이듬해 여름, 해변 마을 백사장에 다섯 개의 망루가 세워졌다. 유지는 선크림을 두껍게 바르고 집을 나섰다. 해변 마을 곳곳은 몰려 온 피서객들로 발 디딜 틈 없이 북적거렸다. 아이들을 가득 태운 바이킹은 하늘 높이 올라갔고 디스코팡팡은 발작하듯 들썩거렸다. 유지는 사람들을 헤치고 해변으로 들어갔다. 정오의 뜨거운 햇살이 넘실거렸다. 손바닥만 한 수영복을 걸친 사람들이 개미 떼처럼 바글거렸다. 유지는 파라솔 밑에서 차가운 맥주를 마시며 닭고기를 우적우적 썰어 먹는 사람들을 지나쳤다. 수평선에 걸린 양털 구름이 한가로웠다. 바다는 잔잔했고 소금기 섞인 바람은 눅눅했다. 부드러운 파도가 사람들의 몸을 희롱하듯 어루만지고 있었다. 유지는 물놀이하는 사람들을 흘깃 쳐다본 다음 남쪽 끝 망루를 향해 걸어갔다. 망루에 앉아 있던 남자아이가 유지를 향해 손을 흔들었다. 사투리가 심한 그 아이는 유지를 볼 때마다 실없이 웃었다. 망루에서 풀쩍 뛰어내린 남자아이가 하얀 이를 드러냈다.

"저녁에 뭐 해?"

"공부해."

남자아이가 머쓱한 표정으로 머리를 긁적거렸다. 남자아이와 교대한 유지는 망루로 올라갔다. 망루에서는 모든 것이 선명하게 보였다. 땅에서는 잘 보이지 않는 것들, 숨어 있는 것들, 모호한 것들이 일목요연하게 드러났다. 유지는 물병을 내려놓고 바다를 돌아보았다. 바다는 거대한 양동이에 담긴 물처럼 고요했다. 그러나 그 온유함에는 짐승의 발톱이 숨겨져 있었다. 사고는 늘 예상치 못한 곳에서 돌발적으로 일어났다. 그 사고의 전조와 징후를 포착하는 것이 라이프가드인 유지가 해야 할 일이었다. 유지는 물놀이하는 사람들의 얼굴을 한 명씩 살피기 시작했다.

한 시간쯤 지나자 눈앞이 흐릿했다. 사물의 형체가 녹아내리고 수영복 색만 물 위에 둥둥 떠 있었다. 그것은 다시 뒤섞

이더니 무채색으로 변했다. 이마에서 뚝뚝 떨어진 땀방울이 망루 바닥에 닿기 무섭게 증발했다. 유지는 손에 물을 부어 눈을 적셨다. 시야가 선명해졌다.

유지는 모아이 석상을 떠올렸다. 석상은 온종일 무엇을 생각하는 걸까. 오래전 자신들의 찬란했던 영광을 반추하는 걸까. 아니면 전쟁도 약탈도 없는 평화로운 천 년의 세상을 생각하는 걸까. 어쩌면 자신을 빼닮은 사람들이 나타나서 숨을 불어넣어주길 기다리고 있을지도 몰랐다. 굳은 무릎을 펴고 일어나서 다시 활보할 날을 위해 뜨거운 햇살과 거친 바람을 맞고 있었다.

사람들은 모아이 석상이 크기와 무게만 다를 뿐 생김새가 전부 같다고 했다. 하지만 유지는 그렇게 생각하지 않았다. 887개의 석상이 각기 다른 얼굴을 하고 있다고 생각했다. 세상 모든 사람의 얼굴이 다른 것처럼 석상도 그럴 거라고 믿었다. 유지는 그 가설을 증명하기 이스터 섬을 찾아갈 것이었다. 그리고 모든 석상의 사진을 찍어 이름을 붙여줄 생각이었다. 그 사진을 모아 책을 만드는 게 유지의 꿈이었다. 그때 한 여자아이의 머리가 물속으로 쑥 가라앉았다.

유지는 벌떡 일어나서 숫자를 셌다. 하나, 둘, 셋, 여자아이의 머리가 물 위로 솟구쳐 올랐다. 진실일까. 거짓일까. 물놀이에 정신이 팔린 사람들은 자신이 수심이 깊은 곳으로 떠밀려간 줄 몰랐다. 발밑에 아무것도 닿지 않는다는 사실을 깨닫는 순간 공포가 그들을 집어삼켰다. 여자아이의 하얀 치아가 햇살을 받아 반짝거렸다. 긴장이 스르르 풀렸다. 의자에 앉는데 여자아이의 머리가 사라졌다. 하나, 둘, 셋, 여자아이가 떠오르지 않았다. 유지는 목에 걸린 호각을 강하게 불었다. 날카로운 파열음이 울리자 해변이 얼어붙었다. 단숨에 망루를 뛰어 내려간 유지는 바다에 뛰어들었다. 사람들이 홍해처럼 갈라졌다. 유지는 방향을 가늠한 뒤에 전속력으로 물살을 갈랐다.

흔들리는 물결 속에서 형체가 어른거렸다. 유지는 숨을 한껏 들이마시고 잠영했다. 물빛이 탁했다. 뿌연 시야에 여자아이의 하얀 발이 어지럽게 교차하고 있었다. 뒤쪽으로 돌아가서 팔을 제압하는 순간 여자아이가 얼굴을 홱 돌렸다. 눈이 마주쳤다. 새카만 눈동자 속에 수십억 개의 은하가 소용돌이치고 있었다. 여자아이의 손이 심해어의 촉수처럼 유지를 향해 뻗어왔다. 손을 강하게 뿌리쳤다. 그러나 그 손은 밀어내면 밀어낼수록 무서운 악력으로 유지의 목을 휘감았다. 온몸이 쥐가 난 듯 뻣뻣했다. 맨살에 닿은 여자아이의 손이 얼음장처럼 차가웠다. 그 순간 유지는 깨달았다. 거짓은 거짓이고 진실은 진실이었다. 천 번, 만 번이라도 거짓은 그냥 거짓일 뿐이었다.

유지는 온몸의 힘을 모아 여자아이의 손을 떨쳐냈다. 그러나 그 차가운 손은 더 악착같이 목을 휘감고 끌어당겼다. 머릿속이 아득해졌다. 바다가 내려다보이는 넓은 방이 생각났다. 그리고 그 방에 있는 수많은 물건이 하나둘 떠올랐다. 순간 유지는 그 많은 물건과 넓은 방을 영원히 가질 수 없다는 사실을 깨달았다.

어느 봄날에

LIFE
GUARD

건조한 대기를 찢는 총성이 터졌다. 박차이 본능적으로 브레이크를 밟았다. 앞으로 튀어 나간 몸이 출렁거리며 제자리로 돌아왔다. 박의 날카로운 시선이 산자락을 더듬었다. 강바람이 불어오는 황량한 들판에는 사람 그림자 하나 보이지 않았다. 그때 다시 총성이 연속으로 들렸다. 박이 들판 뒤쪽에 늘어선 산의 안부를 가리켰다. 나무 사이로 붉은빛이 어른거렸다.

"쵄가?"

"아니면 누가 저렇게 마구 총질을 하겠어."

"미친놈."

박이 투덜거리며 액셀을 밟았다. 지프가 앞으로 튕겨 나갔

다. 차 한 대 지나갈 수 있는 도로가 관개수로를 따라 강까지
이어져 있었다. 상류에서 굽이쳐 흘러온 강물은 인구 백만이
사는 도시를 다다라서 유속을 줄인 다음 느릿느릿 바다로 흘
러 들어갔다. 사람들이 자신의 존재를 알아차릴지 모른다는
조심스러운 흐름이었다. 나는 차창 너머 펼쳐진 헐벗은 들판
을 빠르게 훑었다. 사람들이 이 외진 장소를 찾아올까. 내가 그
렇게 말하자 권權이 피식 웃었다. 손님들은 좋은 경치와 화려
한 식당이 아니라 은밀하게 밀폐된 공간을 원해. 내 우려를 간
단하게 불식한 권은 자신의 멧돼지 농장에 방갈로 식당을 열
었다.

　강을 향해 달려가던 지프가 우회전했다. 헐벗은 미루나무가
전쟁에서 패배한 병사들처럼 늘어서 있었다. 완만한 언덕을
거슬러 올라가자 농장 정문이 나타났다. 박이 식당 앞에 차를
세웠다. 차가운 강바람이 얼굴을 할퀴고 지나갔다. 식당 문이
드르륵 열리면서 살집이 투실투실한 권이 얼굴을 내밀었다.

　"왔냐?"

　"오는 길에 총소리를 들었는데 최 맞지?"

　"아침부터 꿩 잡는다고 설치고 있어."

　난로를 피운 식당 안은 열기 후끈했다. 주방에서는 직원들
이 바쁘게 움직이고 있었다. 농장 전경이 내다보이는 창가 자
리에 앉기 무섭게 여직원이 갓 삶은 듯한 멧돼지 수육과 소주

를 가져왔다. 박이 감별사처럼 젓가락으로 김이 모락모락 나는 수육을 뒤적거리더니 가장 실한 덩어리를 집어 입으로 가져갔다. 수육을 씹어 삼킨 박이 놀란 표정으로 권을 돌아보며 말했다.

"맛 좋은데?"

"가둬 놓은 놈이나 풀어 놓은 놈이나 맛은 똑같아. 다만 운동량이 많아서 지방질이 적을 뿐이야."

권이 우리 앞에 놓인 소주잔을 채워주며 설명했다. 나는 천천히 고개를 끄덕인 다음 수육 한 점을 입에 넣었다. 잡내를 잡기 위해 넣은 통마늘과 월계수 잎 냄새가 났다. 소주 한 병이 바닥날 무렵 권이 텔레비전을 켰다. 화면에 투표하기 위해 줄을 선 사람들이 나타났다. 머리를 단정하게 빗어 넘긴 남자 아나운서가 예상 득표율을 알려주었다. 우린 젓가락을 내려놓고 화면을 뚫어지게 응시했다. 숫자는 단순했다. 하지만 해석은 난해한 방정식보다 복잡했다. 박이 시계를 흘깃 들여다보며 혼잣말처럼 중얼거렸다.

"그는 지금 어디에 있을까?"

"집에서 쉬고 있겠지. 개표가 시작되면 당사에 나올 거야."

"이길 수 있을까?"

"물론이지."

권이 살집이 두툼한 턱을 흔들며 대답했다. 그때 식당 출입문이 벌컥 열리며 엽총을 어깨에 걸친 최가 들어섰다. 화약 냄새가 코를 찔렀다. 그는 손에 든 꿩을 주방에 넘겨주고 우리를 향해 걸어왔다.

"몇 마리 잡았어?"

"온 산과 들판을 뒤졌지만 두 마리밖에 못 잡았어."

최가 특유의 웃음을 흘리며 엽총을 내려놓았다. 12구경에 5연발의 최신 엽총이었다. 최는 총에 환장한 인간이었다. 홍콩에서 은밀하게 사들인 권총을 갖고 있다는 소문이 있었다. 최는 부인했지만 우린 그가 다락에 총알을 장전한 권총 몇 자루를 숨겨놓았다고 믿었다. 한때 최의 눈빛은 살모사처럼 섬뜩했다. 그를 마주한 자들은 질문하기도 전에 모든 정보를 술술 털어놓았다. 그런데 그 서슬 퍼런 눈빛이 4년 만에 흔적도 없이 사라졌다. 새로 산 엽총이 없었다면 그는 이제 동네에서 흔히 마주치는 중년 남자일 뿐이었다. 수육을 우적우적 씹는 최를 바라보던 박이 우리를 돌아보며 말했다.

"오늘 이기면 우리 다시 일할 수 있는 거 맞지?"

"맞아."

권이 고개를 끄덕거리며 빈 술잔을 차례로 채워주었다. 권은 이제 완연한 식당 주인이었다. 이따금 육중한 체구에서 만들어진 위압감을 보일 때가 있었지만, 식당을 찾아오는 손님들에게 굽신거리는 날이 더 많았다. 나사 몇 개가 풀어진 듯한 권의 얼굴을 보는 순간 그 무더운 여름밤이 떠올랐다.

청년을 농장으로 데려온 지 사흘째 되던 날 박과 창고로 들어가니 권과 최가 납빛처럼 창백한 얼굴로 서 있었다. 두 사람 뒤에 청년이 미동조차 없이 누워 있었다. 선풍기의 후덥지근한 바람이 살갗에 눅눅하게 달라붙었다. 그해 여름은 아스팔트가 녹아내릴 정도로 무더웠다. 청년을 흘긋 쳐다본 박이 창문을 열었다. 곧이어 서로를 향한 비난 섞인 고성이 오간 끝에 급기야 박과 권이 멱살을 잡고 주먹을 휘둘렀다. 그런다고 달라질 것은 아무것도 없었다. 물은 이미 엎질러졌고 남은 건 책임밖에 없었다. 그런데 그 책임이 우리 넷의 인생을 끝장낼 정도로 무거웠다.

우리는 새벽까지 머리를 맞대고 논의한 끝에 책임에서 벗어날 방법을 찾았다. 아무도 다치지 않으려면 그 방법밖에 없었다. 일을 처리한 다음 사고 경위를 상사에게 보고했다. 상사는 우리를 모종의 사건에 엮은 뒤 일괄 사표를 받았다. 그로써 사건은 회사와 무관한 일이 되었다.

회사를 그만둔 나는 매일 산을 올랐고 최는 엽총을 사서 수렵을 다녔고 박은 바다낚시에 빠져들었다. 여름 끝자락에 태풍이 몰려왔다. 며칠 동안 쏟아진 폭우에 강물이 범람하여 강과 맞닿은 농장을 휩쓸었다. 물이 빠진 뒤에 농장을 찾아간 우리는 심장이 덜컥 내려앉았다. 우린 허리까지 올라오는 장화를 신고 쑥대밭으로 변한 농장을 헤집고 다녔다. 강변까지 이잡듯 뒤졌지만, 청년을 찾을 수 없었다. 가을 초입에 다시 큰비가 내렸다. 불어난 강물이 만수위를 오르내리자 우리는 밤잠을 이루지 못했다. 다행히 아무 일도 일어나지 않았다.

이듬해 권이 농장을 사들여서 멧돼지를 방목했다. 10여 마리의 멧돼지는 4년이 지나자 수백 마리로 불어났다. 권은 방목장에 우글거리는 멧돼지를 처리하기 위해서 멧돼지 고기를 파는 식당을 열었다.

6시 정각, 아나운서가 출구조사를 발표했다. 우리의 운명을 손에 움켜잡은 후보가 근소하게 앞서고 있었다. 최가 술기운에 벌겋게 달아오른 얼굴로 언제 뒤집힐지 모르는 숫자라고 중얼거렸다. 아마도 기나긴 밤을 보내며 마음을 졸여야 할 것같았다. 선거 사무실에서 만난 그는 육중한 체구를 흔들며 말했다.

"원래 자리로 돌아가고 싶으면 뭐든지 해봐."

그날 이후 우리는 그의 당선을 위해 밤낮으로 쫓아다녔다. 만약 영혼을 팔 수만 있다면 했을 것이다. 그가 당선되어야만 우리가 원하는 자리를 얻을 수 있기 때문이었다.

권이 멧돼지들에게 먹이를 줘야 한다며 자리에서 일어났

다. 나는 바람을 쐬기 위해 그를 따라나섰다.

한 줄로 늘어선 방갈로를 지나서 낮은 언덕을 넘어가자 펜스가 나타났다. 강과 맞닿아 있는 방목장의 넓이는 무려 5천 평이 넘었다. 권이 나타나자 방목장 곳곳에 흩어져 있던 멧돼지들이 먹이통으로 몰려왔다. 봄에서 가을까진 먹이를 주지 않지만, 겨울철에는 어쩔 수 없이 굶어 죽지 않을 정도의 먹이를 주는 모양이었다. 권이 사료를 붓자 멧돼지들이 아귀처럼 달라붙었다. 서로 뒤엉켜서 먹기 위해 사투를 벌이는 멧돼지들을 보니 초등학교 시절 친구들과 개미굴에 석유를 붓고 불을 붙인 기억이 떠올랐다. 불 붙은 개미가 순식간에 녹아내리는 모습에 우린 배를 잡고 낄낄거렸다. 개미들의 죽음은 유희였다. 새카맣게 타 죽은 개미들의 사체 앞에서 양심의 가책 따위는 전혀 느낄 수 없었다.

주변 풍광이 눈에 익었다. 불현듯 돌덩어리처럼 축 늘어진 청년의 모습이 떠올랐다.

"여긴 그때 그곳 아냐?"

"맞아."

"어째서 여길?"

"멧돼지가 불어나서 방목장을 넓힐 수밖에 없었어."

먹이통에 마지막 사료를 붓고 난 권이 심드렁한 표정으로 대답했다.

"쓸데없는 생각 그만두고 당선 축하 파티에 쓸 놈이나 골라."

내일 그의 당선이 확정되면 선거를 도운 모든 사람이 농장에 모여서 성대한 파티를 열 예정이었다. 백여 명이 넘는 사람들이 배불리 먹기 위해선 아주 실한 멧돼지가 필요했다. 하지만 그가 패배한다면 이 모든 계획은 물거품이 될 것이었다. 나는 어느새 먹이를 전부 먹어치운 멧돼지들이 신경전을 벌이는 듯한 모습을 가리키며 물었다.

"저놈들 뭐 하는 거야?"

"막바지 교미 기간이라 암컷을 차지하기 위해 전쟁을 벌이는 거야."

권은 무리 중심에 있는 암컷이 수컷 한 마리를 선택하면 교미가 시작된다고 알려주었다. 그때 놀라운 광경이 벌어졌다. 암컷을 둘러싼 멧돼지들이 수컷 한 마리를 밀어내기 시작한 것이다. 아마도 경쟁자를 제거하는 것 같았다. 무리에서 밀려난 수컷이 씩씩거리며 머리를 들이밀자 수컷들이 재빨리 막아섰다. 사뭇 흥미진진한 모습에 눈을 뗄 수 없었다. 수컷은 무리 주변을 맴돌며 호시탐탐 기회를 엿보았지만, 끝내 봉쇄를 뚫지 못했다. 화가 난 수컷이 방목장 입구에 서 있는 떡갈나무에 머리를 들이박았다. 헐벗은 나무가 크게 흔들렸다. 하지만 수컷들의 구애에 정신이 팔린 암컷은 눈길 한번 주지 않왔다.

7시, 개표가 시작되자 상대 후보의 표가 무더기로 쏟아져 나왔다. 순식간에 순위가 바뀌었다. 불길한 기운이 우리 네 사람의 머리를 짓눌렀다. 성질 급한 박의 입에서 욕설이 흘러나왔다. 그는 누구보다 선거 운동에 최선을 다했다. 전화 버튼을 누르느라 손가락이 부르틀 정도였다. 한숨을 푹푹 내쉬던 최는 한동안 끊은 담배를 물었다. 당선을 확신했던 권 역시 불안한 듯 화장실을 들락거렸다. 긴장했다는 증거였다. 테이블 위에 놓인 수육이 차갑게 식어갔지만 아무도 거들떠보지 않았다. 좀처럼 역전하지 못하자 모두의 낯빛이 어두워졌다.

나는 텔레비전 화면을 부술 듯 노려보는 셋을 흘깃 쳐다보곤 자리에서 일어났다. 농장 마당을 서성거리던 강바람이 얼굴을 후려쳤다. 덕분에 흐릿하던 머릿속이 맑아졌다. 목깃을 끌어올리고 농장을 돌아보았다. 외등이 멧돼지 방목장으로 올라가는 길을 밝히고 있었다. 나는 점점이 서 있는 외등 불빛을 따라 방목장으로 올라갔다. 어디선가 푸륵푸륵 하는 소리가 들려왔다.

펜스 앞에 도착해서 방목장을 들여다보니 무리에서 쫓겨난 수컷이 떡갈나무 앞을 서성거리고 있었다. 다른 수컷에 비해 덩치가 작은 멧돼지는 아직도 화가 풀리지 않은 것 같았다.

허연 콧김을 내뿜던 멧돼지가 펜스 앞으로 다가왔다. 나를 권으로 착각한 모양이었다. 멧돼지가 펜스에 주둥이를 들이밀고 확인하듯 나를 올려다보았다. 비릿한 냄새가 풍겼다. 패배의 냄새였다.

한 남자의 초점 잃은 눈빛이 떠올랐다. 최에게 붙잡혀 온 남자는 닷새 동안 완강하게 입을 다물었다. 엿샛날 남자의 몸에서 벌레가 나왔다. 처음에는 축축하게 젖은 상의에서 나왔고 곧이어 다리 사이에서 꿈틀거리며 기어 나왔다. 지네와 거미가 아니었다. 좀벌레도 아니었다. 난생처음 보는 다족류였다. 나는 남자의 젖은 머리카락 사이를 기어 다니는 벌레를 핀셋으로 잡았다. 책상에 올려놓고 조명을 비추자 벌레가 도망치기 시작했다. 바늘로 몸통을 찔렀다. 벌레의 몸에서 푸른색 진액이 흘러나왔다.

그때부터 나는 남자의 몸을 기어 다니는 벌레를 잡아 죽이기 시작했다. 벌레를 한 마리씩 죽일 때마다 남자의 몸이 조금씩 줄어들었다. 마침내 갓난아이로 줄어든 남자가 천천히 입을 벌렸다. 시커먼 입에서 벌레가 꿈틀거리며 기어 나왔다. 나는 피가 검게 말라붙은 남자의 입술을 기어가는 벌레를 잡아 바닥에 내던지고 구둣발로 밟았다. 몸통이 터지면서 푸른빛 진액이 번졌다. 그 순간 남자가 천천히 고개를 들었다. 그때 그 남자의 눈빛이 펜스 너머에서 나를 올려다보는 멧돼지의 눈빛과 똑같았다.

멧돼지가 홱 몸을 돌렸다. 그리고 흙먼지를 자욱하게 흩날리며 껍질이 벗겨진 떡갈나무를 향해 돌진했다. 멧돼지의 머리가 떡갈나무를 때리는 순간 둔중한 파열음이 방목장을 흔들었다. 그러나 방목장 곳곳에 몸을 숨긴 멧돼지들은 미동조차 없었다.

식당에 들어서는데 뭔가 분위기가 이상했다. 세 사람이 동시에 밝은 표정으로 텔레비전을 가리켰다. 후보자들의 득표 숫자를 확인한 나는 깜짝 놀랐다. 판세가 거짓말처럼 뒤집혀 있었다. 그것도 제법 많은 득표 차이였다. 확실한 승기는 아니지만 흐름이 변한 것이다. 안도의 한숨이 저절로 나왔다. 하지만 언제 뒤집힐지 몰라서 마음을 놓긴 일렀다.

내 우려와 달리 득표 차이가 점점 더 벌어졌다. 그제야 이길 수 있다는 확신이 들었다. 흥분을 참지 못한 권이 벌떡 일어나서 새로운 안줏감을 준비하러 주방으로 들어갔다. 최와 박이 아이처럼 서로의 술잔을 채워주며 희희낙락했다. 나는 술잔 가득 술을 채운 다음 단숨에 들이켰다. 짜릿한 희열이 혈관을 내달렸다. 개표 방송을 진행하는 아나운서의 목소리가 점점 높아졌다. 우리는 숫자가 변할 때마다 술잔을 높이 들고 건배를 외쳤다.

자정 무렵 그의 사진 아래 당선 확정이란 글자가 나타나는 순간 우리는 자리를 박차고 일어나서 환호성을 질렀다. 최의 눈시울이 축축했다. 지난 4년 동안 우리가 한 일들은 폄하당했고 심지어 왜곡당하는 치욕을 겪었다. 이제 그 모든 걸 바로잡을 수 있었다. 추락한 명예를 되찾을 기회가 주어진 것이다.

간신히 흥분을 가라앉힌 우리는 권이 준비한 방에서 고단한 몸을 눕혔다. 길고 긴 하루였다. 눈을 감았는데 어디선가 쿵쿵거리는 소리가 들려왔다. 암컷에게 외면당한 수컷 멧돼지가 떡갈나무를 들이박는 소리였다.

다음 날 아침 웅성거리는 소리에 눈을 떴다. 창문을 열자 야외 테이블에서 차를 마시던 아내가 손을 흔들었다. 최와 박의 부인이 환하게 밝은 얼굴로 고개를 숙였다. 늘 침울한 표정을 짓고 있던 아내의 얼굴이 화창한 봄날처럼 밝았다. 네 집 아이들이 어울려서 농장 마당을 뛰어다니는 모습이 보기 좋았다. 바람 한 점 없는 날씨가 따스했다. 봄이 코앞에 와 있었다. 축하 파티를 열기에 안성맞춤인 날씨였다. 나는 곤히 잠든 박과 최를 흔들어 깨웠다. 잔뜩 부은 얼굴로 눈을 뜬 두 사람이 창밖에 얼굴을 내밀고 아이들의 이름을 불렀다. 토끼처럼 마당을 뛰어다니던 아이들이 제 아버지를 향해 우르르 달려왔다.

나는 대충 얼굴을 씻고 창고로 갔다. 부지런한 권이 어깨가 떡 벌어진 정형사와 얘기를 나누고 있었다. 작업대 위에는 정형에 사용하는 발골칼 다섯 개가 가지런하게 놓여 있었다. 미세한 요철 손잡이가 형광등 불빛을 받아서 번쩍거렸다.

"최는 일어났어?"

"채비를 마치고 나올 거야."

손님 준비 절차를 의논하고 있을 때 최가 엽총을 들고 창고 안으로 들어섰다. 그는 주머니에서 꺼낸 탄환을 장전하면서 권에게 물었다.

"몇 마리 잡을까?"

"큰 놈으로 두 마리만 잡아."

"그걸로 되겠어?"

권이 잠시 생각하더니 한 마리를 더 잡으라고 했다. 명단에 없는 손님이 올 수 있다는 것이었다. 엽총을 든 최가 마당으로 나오자 아이들이 몰려와서 에워쌌다. 그의 아들 두 명이 아버지 옆에 붙어서 의기양양한 표정을 지었다.

방목장에 도착해서 펜스 너머를 살펴보니 멧돼지들이 한가롭게 어슬렁거렸다. 밤새 떡갈나무 둥치를 들이박던 멧돼지는 지친 듯 바닥에 퍼질러 앉아 있었다. 그곳에서 10여 미터 떨어진 곳에 아직 짝짓기 상대를 정하지 못한 암컷을 수컷 멧돼지들이 둘러싸고 있었다. 어제 점찍은 멧돼지가 최를 흘긋 쳐다보고는 슬금슬금 물러나서 나무 사이에 몸을 숨겼다. 그 모습을 본 최가 혀를 끌끌 찼다.

"저 녀석, 눈치챈 것 같은데."

"시간 없어, 아무 놈이나 쏴."

"아냐, 제대로 된 놈을 골라야지."

최의 날카로운 눈빛이 느리게 움직이는 멧돼지들을 한 마리씩 훑었다.

그때 수컷들에게 둘러싸여 있던 암컷이 무리를 빠져나왔다. 암컷은 곧장 떡갈나무를 향해서 걸어갔다. 예기치 못한 상황에 수컷들은 당황했고 떡갈나무를 들이박던 수컷은 화들짝 놀랐다. 암컷은 그런 수컷을 거들떠보지 않은 채 떡갈나무 밑에 자리를 잡았다. 아마도 수컷들의 집요한 애정 공세가 귀찮아서 쉬고 싶었던 모양이었다. 암컷의 마음을 잘못 읽은 수컷은 절호의 기회를 놓칠 수 없다는 듯 구애의 몸짓을 보이기 시작했다. 암컷을 놓친 수컷 무리가 떡갈나무를 향해 몰려왔다. 그들은 곧바로 몸이 바짝 달아오른 수컷 옆구리를 사정없이 들이박았다. 갑작스러운 공격을 받은 수컷이 꽥꽥거리며 도망쳤다. 요염한 자세로 누워 있던 암컷이 한심하다는 표정으로 도망치는 수컷을 바라보았다.

그때 산등성이 쪽에서 덩치 큰 멧돼지 한 마리가 어슬렁거리며 내려왔다. 이를 발견한 최가 엽총을 견착했다. 표적이

된 멧돼지가 떡갈나무 주변을 흘끔 쳐다보는 순간 최가 방아
쇠를 당겼다. 공기를 찢는 총성이 연속으로 터지면서 멧돼지
가 풀썩 쓰러졌다. 총성에 놀란 멧돼지들이 사위로 흩어져서
내달렸다. 최가 빠르게 도망치는 멧돼지를 향해 계속 방아쇠
를 당겼다. 또 다른 멧돼지 한 마리가 흙먼지를 일으키며 머
리를 땅에 처박았다. 다시 빠르게 방목장을 훑던 총구가 멈추
었다. 마지막 표적은 무리에서 쫓겨나서 떡갈나무를 들이박
던 바로 그 수컷이었다. 나는 방아쇠를 당기려는 최의 팔을
잡았다.

"다른 놈으로 쏴."

"왜?"

"고기가 맛이 없을 것 같아."

의아한 눈빛으로 나를 쳐다보던 최는 곧바로 다른 멧돼지
를 향해 방아쇠를 연속으로 당겼다. 멧돼지 한 마리가 꽥 비명
을 지르며 고꾸라졌다. 백발백중의 사격 솜씨였다. 방목장에
피비린내가 진동했다. 총성이 터질 때마다 괴성을 질러대던
아이들이 어느새 방목장 곳곳에 쓰러진 멧돼지를 가리키며 깔
깔거리고 있었다. 그런 아이들을 바라보는 최의 얼굴에 근거
없는 자부심이 가득했다.

잠시 후 농장 인부들이 수레를 끌고 방목장으로 올라왔다.
문을 열고 방목장으로 들어간 인부들은 아직 숨이 붙어 있는

멧돼지를 수레에 옮겨 싣고는 창고로 운반했다. 아이들이 나무 막대기로 수레에 실린 멧돼지를 쿡쿡 찔렀다. 멧돼지는 자신에게 일어난 일을 이해할 수 없다는 눈빛으로 아이들을 쳐다보았다. 수레는 핏물을 뚝뚝 흘리며 창고로 들어갔다. 나는 파리 떼처럼 몰려드는 아이들을 내쫓고는 창고로 들어갔다.

인부들이 멧돼지를 작업대에 올려놓자 비닐 작업복을 입은 정형사가 다가왔다. 그는 숨을 헐떡거리는 멧돼지 목에 예고 없이 발골칼을 찔러 박았다. 핏물이 울컥울컥 쏟아져 나왔다. 정형사가 발골칼을 더 깊이 찔러 휘젓자 멧돼지의 숨이 끊어졌다. 정형사의 손놀림은 거침없었다. 발골칼이 지나가자 살과 가죽이 정확하게 분리되었다. 벗겨낸 가죽을 내던진 정형사는 또 다른 발골칼을 집어 멧돼지 몸통을 반으로 절단했다. 곧이어 머리와 다리를 잘라낸 다음 두 개의 삼겹살 덩어리를 분리해냈다. 비릿한 피 냄새가 진동하는 가운데 잘게 잘린 고기가 차곡차곡 쌓였다. 멧돼지 형체가 완전히 사라질 무렵 인부들이 또 다른 멧돼지가 실린 수레를 끌고 창고로 들어왔다. 잠시 그 모습을 지켜보던 나는 창고를 돌아 나갔다.

식당은 손님맞이 준비로 부산했다. 직원들을 재촉하는 권의 모습이 생경했다. 그가 어떻게 당선자와 연결되었는지는 알 수 없었다. 어쨌든 시내 고급 호텔과 음식점을 제치고 농장에서 당선 축하 파티를 여는 건 모두 권의 수완이었다. 간판

업체에서 나온 사람들이 농장 입구에 당선을 축하한다는 플래카드를 걸고 있었다. 그들이 작업을 끝내고 돌아갈 무렵에 화환을 실은 트럭이 줄지어 몰려왔다. 화환은 야외 테이블이 준비된 마당에 한 줄로 길게 늘어섰다. 방에서 어슬렁거리며 나온 박이 하늘을 올려다보고 말했다.

"아주 따사로운 봄날이야."

그랬다. 아직 봄이라고 하기엔 일렀지만, 날씨만큼은 봄날과 같았다. 아침나절 두꺼운 패딩을 입고 있던 아이들이 티셔츠 차림으로 농장 마당을 뛰어다니고 있었다. 나는 눈부시게 빛나는 태양을 올려다보았다. 화사한 날씨가 우리의 새로운 앞날을 예고하는 것 같았다. 그때 화약 냄새를 풍기며 다가온 최가 성대한 축하 파티 준비가 끝난 농장 마당을 돌아보며 말했다.

"이제 곧 겨울이 끝나고 봄이 오겠지."

"당연하지."

박이 확신에 찬 목소리로 대답했다. 우리는 시간을 확인한 다음 농장 정문으로 갔다. 어느새 양복을 갈아입은 권이 기다리고 있었다. 권은 오랜만에 맨 넥타이가 답답한 듯 자꾸만 와이셔츠 깃을 헤집었다.

그러고 보니 모두 체중이 불어나 있었다. 특히 식당을 운영하는 권의 체중은 한창때와 비교하면 10킬로그램이 늘어났다. 바다낚시에 푹 빠진 박의 얼굴은 새카맣게 그을렸고 머리카락은 바닷바람에 삭아 푸석푸석했다. 수렵에 미친 최 역시 주름이 하나둘 생겨나고 있었다. 나 역시 그들과 다를 게 없었다. 아침에 눈을 뜰 때면 돌덩어리를 올려놓은 듯 몸이 무거웠다. 그보다 더 우리를 힘들게 하는 건 세상의 중심에서 밀려났다는 박탈감이었다. 하지만 이젠 아니었다. 내일부턴 더 영광스러운 날이 우리를 기다리고 있었다. 권이 내 어깨를 치며 농장으로 이어지는 길을 가리켰다.

주도로를 달리던 승용차가 농장으로 이어지는 길에 들어섰다. 그 뒤에 10여 대의 승용차와 소형 버스가 따라오고 있었다. 한 줄로 늘어선 차들이 황량한 들판을 가로질렀다. 차들은 다시 농장을 향해서 방향을 꺾었다. 낮은 언덕을 치고 올라온 승용차가 농장 입구에서 멈춰 섰다. 권이 다가가서 문을 열었다. 차에서 내린 그가 권의 손을 잡고 나직하게 말했다.

"수고했네."

"축하드립니다."

그는 중앙에서 밀려난 정치인이었다. 단물 빠진 쪽정이란 게 세간의 평가였다. 하지만 중앙 정치 무대에서 갈고닦은 인맥과 영향력은 우리가 생각한 것보다 컸다. 그가 다가와서 손을 내밀었다. 우리는 차례로 허리를 깊이 숙였다. 그의 손은 금방 뜨거운 물에서 꺼낸 것 같았다. 두툼한 귓불이 걸을 때마다 출렁거렸다. 승용차와 소형 버스에서 내린 사람들이 마당에 설치한 야외 테이블을 하나씩 차지하기 시작했다. 뒤이어 당선 축하 파티를 취재하기 위한 신문사와 방송국 기자들을 태운 차들이 차례로 농장에 들어섰다. 잠시 후 백여 석의 좌석이 빈틈없이 채워졌다.

그가 입장하자 우레와 같은 박수가 쏟아지면서 카메라 플래시가 번쩍번쩍 터졌다. 그가 내빈석에 준비한 좌석에 앉자 사회자가 그의 정치 경력을 열거하기 시작했다. 보통 사람들은 꿈도 꾸기 어려운 직함이 끝없이 이어졌다. 기나긴 소개가 끝나자 그가 미소를 머금고 단상에 섰다. 카메라 셔터 소리가 폭죽처럼 터져 나왔다. 그는 자신을 주시하는 사람들과 하나씩 눈을 맞추었다. 부와 권력을 양손에 움켜잡은 자의 관록이 전신에서 흘러넘쳤다. 그가 손가락으로 먼 들판을 가리켰다. 백여 명이 동시에 들판을 바라보았다.

"우리는 쉬지 않고 앞으로 나아가야 합니다."

그의 카랑카랑한 목소리가 따스한 공기를 흔들었다. 선거를 도운 사람들의 얼굴에 만족감이 흘러넘쳤다. 사람들은 혼란을 두려워했다. 예측 불가능한 상황을 싫어했다. 이런 이유로 시민들은 그를 선택했다. 그가 짧고 굵은 연설을 끝내자 농장이 떠내려갈 듯 박수가 터져 나왔다.

권이 손짓하자 대기하고 있던 직원들이 음식을 나르기 시작했다. 잠시 후 농장의 넓은 마당에서 멧돼지 고기 익어가는 냄새가 진동했다. 사람들이 원하는 건 술이든 고기든 전부 공짜였다. 기자들도 카메라를 내려놓고 갓 잡은 멧돼지 고기를 입으로 가져갔다. 박이 볼이 터지게 욱여넣은 고기를 꿀꺽 삼키고선 우릴 돌아보았다.

"이렇게 아름다운 파티 본 적 있어?"

"없지."

우린 동시에 너털웃음을 터뜨렸다. 이 햇살 좋은 날 수많은 사람이 고기를 굽고 술을 마시며 즐거워하는 모습을 본 적이 없었다. 그가 술잔을 들고 건배를 선창했다. 사람들이 술잔을 높이 드는 순간 어디선가 쾅 하는 소리가 들려왔다. 처음에는 분간이 되지 않았다. 하지만 사람들이 입을 다물자 뭔가 둔탁한 게 부딪치는 소리가 선명하게 들려왔다. 방목장의 멧돼지가 떡갈나무를 들이박는 소리였다. 그가 권을 쳐다보았다. 권이 난감한 표정으로 자초지종을 설명하자 그가 껄껄 웃으며 자리에서 일어났다.

"권 사장, 어떤 놈인지 구경이나 한번 해봅시다."

권이 어쩔 수 없다는 듯 앞장섰다. 두 사람이 방목장을 향해 걸어가자 수행원들이 수저를 내려놓고 따라붙었다. 고기를 씹고 있던 기자들도 카메라를 챙겨 들고 따라나섰다. 이를 지켜보던 사람들이 우르르 뒤를 쫓아갔다. 방목장이 가까워지자 멧돼지가 떡갈나무를 들이박는 소리가 점점 커졌다. 최가 나를 쳐다보며 투덜거렸다.

"괜히 살려줘서 분위기 망친 거 아냐?"

예상대로 수컷 멧돼지가 떡갈나무와 대치하고 있었다. 사람들이 펜스에 달라붙자 멧돼지들이 불안해했다. 하지만 수컷 멧돼지는 미동조차 없었다. 권이 수컷 무리에 둘러싸인 암컷을 가리키자 그가 호탕하게 웃었다. 수컷 멧돼지가 다시 떡갈나무를 향해 돌진했다. 쾅 하고 헐벗은 떡갈나무가 흔들렸다. 분노에 휩싸인 수컷 멧돼지의 머리에 핏자국이 선명했다. 떡갈나무를 철천지원수라고 생각하는 것 같았다. 기자들이 카메라 셔터를 눌렀다. 뒤로 주춤주춤 물러난 수컷 멧돼지는 전속력으로 달려가서 떡갈나무를 들이박았다.

이때 놀라운 일이 일어났다. 굵직한 떡갈나무가 기울기 시작한 것이다. 참으로 어이없는 광경이었다. 방송국 기자가 수컷 멧돼지의 이상 행동을 촬영하기 시작했다. 식사를 끝낸 사람들까지 몰려와서 방목장 펜스 앞은 인산인해였다. 이런 와중에도 수컷의 공세는 계속 이어졌다. 기어코 떡갈나무 뿌리를 뽑아내고야 말겠다는 기세였다. 사람들이 떡갈나무를 가리키며 소리쳤다.

"나무가 넘어간다."

떡갈나무가 기울면서 뿌리가 살짝 드러났다. 암컷이 흥미가 생겼는지 수컷을 뚫어지게 응시했다. 수컷은 그런 암컷을 향해 자기 존재를 과시하듯 '푸륵푸륵' 소리를 질렀다. 그러나 암컷은 반응이 없었다. 그저 지켜보고 있을 뿐이었다. 기울기 시작한 떡갈나무를 향해 수컷이 다시 돌진했다. 굉음이 방목장을 울렸다.

이 기이한 광경을 지켜보던 그가 웃었다. 육중한 몸을 흔들며 미친 듯이 웃기 시작했다. 이 모습을 지켜본 수행원들이 크게 웃었다. 펜스 앞에 있던 사람들 전부가 배를 잡고 웃었다. 수컷 멧돼지가 흥분했다. 아니 광분한 것처럼 더 거칠고 강하게 떡갈나무를 공격했다.

나는 떡갈나무 뿌리가 뽑히기 전에 멧돼지가 먼저 뻗는다고 생각했다. 통증은 인간과 짐승의 구분이 없었다. 고통을 회피하는 건 본능이었다. 고대부터 오늘날까지 고문이 횡행한 건 그 때문이었다. 수컷 멧돼지도 예외일 수 없었다. 이제 곧 한계에 직면해서 스스로 무너질 것이었다. 이는 거스를 수 없는 자연의 순리였다. 나는 그런 광경을 수없이 지켜봤다. 사회적 지위가 높을수록, 돈이 많을수록, 사람을 많이 거느릴수록, 고통을 참지 못했다.

"어떻게 됐어?"

어느새 농장에 돌아가서 엽총을 가져온 최가 서 있었다. 내가 광기에 휩싸인 수컷 멧돼지를 가리키자 최가 망설임 없이 엽총을 겨누었다. 방아쇠를 당기려는 순간 수행원 한 명이 총구를 막았다. 그가 근엄한 표정으로 고개를 내젓고 있었다. 자신의 유희를 방해하지 말라는 뜻이었다. 최가 황급히 방아쇠에서 손을 떼자 그가 미소를 머금고 고개를 끄덕거렸다. 사람들의 시선이 떡갈나무를 향해 돌진하는 수컷 멧돼지에게 돌아갔다.

흙먼지를 자욱하게 일으키며 달려간 멧돼지가 떡갈나무를 강하게 들이박는 순간 뭔가 부서지는 듯한 소리가 방목장을 울렸다. 백 킬로그램이 넘는 멧돼지가 천천히 주저앉고 있었다. 두개골이 깨어진 것 같았다. 바닥에 주저앉은 멧돼지가 거칠게 숨을 내쉬었다. 멧돼지의 패배였다. 그가 축 늘어진 귓불을 흔들며 껄껄껄 웃었다. 수행원들과 선거 운동을 돕던 사람들이 눈물을 찔끔거리며 웃었다. 어리석고 무모한 행동의 결과는 죽음이었다. 멧돼지의 숨소리가 점차 가라앉아 갈 무렵 사람들이 이구동성으로 외쳤다.

"나무가 쓰러진다."

기울어 있던 떡갈나무가 한쪽으로 넘어가고 있었다. 놀라운 광경이었다. 멧돼지는 패배한 게 아니었다. 죽어가던 수컷 멧돼지가 이 모습을 보고는 희미한 미소를 지었다. 떡갈나무가 바닥에 닿는 순간 깊은 땅속에 단단하게 박혀 있던 뿌리가 뽑혀 나왔다. 지금껏 단 한 번도 햇볕을 받지 못한 시커먼 뿌리가 환한 햇볕 아래 낱낱이 드러났다.

순간 백여 명의 사람이 외마디 비명을 내질렀다. 숨이 턱 막혔다. 박과 권이 뒤로 벌렁 넘어졌다. 떡갈나무 뿌리에 휘감긴 청년이 두 눈을 부릅뜨고 있었다. 사람들의 비명이 난무하는 가운데 기자들이 카메라 셔터를 빛의 속도로 눌렀다. 사위에 섬광이 번쩍거렸다. 권이 벌떡 일어나서 최를 향해 소리쳤다.

"쏴, 빨리 쏴!"

권의 호통에 정신을 차린 최가 엽총을 들었다. 총구가 떡갈나무 아래 쓰러져 있는 수컷 멧돼지를 겨누었다. 권이 다시 소리 질렀다. 총구가 서서히 움직였다. 사람들이 메뚜기 떼처럼 흩어졌다. 총구가 다시 움직였다. 그는 움직이지 못했다. 육중한 체격으로 뛸 수 없었다. 총구가 그의 머리를 겨누었다. 수행원들은 도망치고 없었다. 그의 밀랍처럼 창백한 얼굴에서 식은땀이 빗물처럼 흘러내렸다. 권력과 돈을 동시에 움켜잡은 자의 관록은 흔적도 없었다. 그가 손을 들었다. 거대한 인형의 팔이 흔들리는 것 같았다. 그러나 그는 아무 말도 하지 못했다. 단지 새파랗게 질린 입술을 바들바들 떨고 있을 뿐이었다. 권이 입에 거품을 물고 다시 소리쳤다. 엽총 방아쇠에 걸린 최의 손가락이 파르르 떨렸다. 사람들의 비명이 점차 잦아들었다. 발악하는 듯한 권의 목소리가 서서히 가라앉았다. 천둥처럼 울리는 카메라 셔터 소리가 사라졌다.

나는 하늘을 올려다보았다. 바람 한 점 없는 따스한 날이었다. 하지만 봄은 아니었다. 나는 언젠가 오고야 말 진정한 봄날을 떠올리며 눈을 질끈 감았다.

버진 블루 라군

여자는 혼곤한 낮잠에서 깨어났다. 창을 뚫고 들어온 햇살이 노란색 장판 위에 흥건하게 괴어 있었다. 긴 머리카락이 축축했다. 선풍기 스위치를 누르자 때가 낀 날개가 털털거리며 돌아갔다. 장판에 고인 햇살에 물결무늬가 만들어졌다. 여자는 느릿느릿 일어나서 창 너머를 바라보았다. 낮게 엎드린 지붕 사이로 남색 바다가 흔들리고 있었다. 여자는 바다를 바라보며 불룩 튀어나온 배를 쓰다듬었다. 목이 말랐다. 물병에 든 미지근한 물을 마시자 갈증이 더 심해졌다.

방을 나간 여자는 툇마루에 앉아서 민박집을 돌아보았다. 주인 할머니가 외출한 안채는 쥐 죽은 듯 고요했다. 안채 벽에 검은색 잠수복이 짐승의 껍질처럼 대롱대롱 매달려 있었다. 그 아래 놓인 테왁과 납덩이 조끼를 흘긋 쳐다본 여자는 마당에 내려섰다. 물기 한 점 없는 수돗가를 지나서 대문을 나섰다. 좁은 골목에 바늘 같은 한여름 햇살이 깔려 있었다. 간신히 골목을 빠져나온 여자는 섬에 하나밖에 없는 편의점을 향해 걸어갔다.

편의점 주인은 늘 자리에 없었다. 여자는 냉장고에서 캔 음료를 꺼낸 다음 카운터 옆에 있는 출입문을 내다보았다. 그늘막 평상에 주인 남자가 낮잠을 자고 있었다. 남자의 불룩한 배가 파도처럼 출렁거렸다. 남자의 턱 밑에 난 흉터를 바라보던 여자는 카운터에 돈을 올려놓고 편의점 밖으로 나갔다.

뜨거운 햇살 아래 바짝 엎드린 집들은 인기척이 없었다. 문이 잠긴 중국음식점 처마 밑에 개들이 옹기종기 모여 있었다. 여자는 개들의 끈적한 시선을 외면하며 초지로 들어갔다. 초지 곳곳에 현무암이 종기처럼 박혀 있었다. 물웅덩이가 나타났다. 여자는 웅덩이 물에 비친 자기 얼굴을 한참 동안 들여다봤다. 낯설었다. 화장기 없는 얼굴을 쓰다듬자 삶의 각질이 우수수 떨어져 내렸다.

북쪽 해안에 도착한 여자는 바위에 걸터앉아 캔을 열었다. 탄산의 짜릿한 청량감이 식도를 훑고 내려갔다. 순간 제주 해안 절벽의 바에서 마신 칵테일이 떠올랐다. 카리브해를 연상

시키는 '버진 블루 라군'이었다. 푸른빛 칵테일을 생각하자 복잡하게 뒤엉킨 것들이 간명해졌다. 세계는 단순했다. 원인과 결과라는 두 개의 명제가 전부였다. 그런데 지금 여자에게는 원인은 사라지고 결과만 있었다. 여자는 불룩 나온 배를 어루만지며 흔적도 없이 사라진 원인을 깊이 생각했다. 아무것도 생각나지 않았다. 엉뚱하게도 수백만 년 전 한 남자가 지평선을 응시하는 뒷모습이 떠오를 뿐이었다.

조류에 밀려온 스티로폼 조각이 바위를 때렸다. 해안 곳곳에 쓰레기들이 조개처럼 박혀 있었다. 여자는 남은 콜라를 한 방울까지 마신 다음 바위에서 일어났다. 해안을 서성거리며 가치를 상실하고 버려진 쓰레기들을 들여다보던 여자는 천천히 돌아서서 어제보다 더 무거워진 몸으로 섬의 남쪽을 향해 걸어갔다.

완만한 언덕길을 올라가자 등대가 나타났다. 간밤에 쉬지 않고 울부짖던 등대는 탈진한 듯 조용했다. 여자는 서둘러 등대를 지나쳤다. 경사 길을 내려가자 드넓은 초지에 하얀색 첨탑이 서 있었다. 여자는 성당 밖에서 신의 영역을 훔쳐보았다. 성당은 낮은 제대祭臺 하나만 덩그렇게 놓여 있을 뿐 아무것도 없었다. 제대 위에 장난감 인형처럼 자그마한 성모상이 올려져 있었다. 여자는 신심이 조금도 느껴지지 않는 성물을 통속한 시선으로 오랫동안 바라보았다. 만약 저 성모상이 모든 원인과 결과를 제자리로 돌려줄 수만 있다면 기꺼이 낮게 엎드릴 수 있다고 생각했다.

여자는 다시 걷기 시작했다. 남쪽 해변에 현무암이 산개하듯 늘어서 있었다. 나이키 티셔츠를 입은 한 젊은 남자가 바위에 앉아 있었다. 여자를 흘긋 쳐다본 남자가 재빨리 시선을 거두었다. 여자는 바다를 들여다보았다. 해수면에 허연 거품이 띠처럼 너울거렸다.

"물빛이 왜 저런가요?"

"조류 때문입니다."

여자는 잠시 생각한 뒤에 다시 질문했다.

"바닷속에는 뭐가 있나요?"

남자는 여자의 불룩한 아랫배를 쳐다보며 미간을 찡그렸다.

"산호초와 성게, 전복과 온갖 물고기가 살고 있습니다."

"그게 전부인가요?"

"그래요."

"고작 그런 걸 보려고 무거운 장비를 매달고 물에 들어간다는 거예요?"

"그럼 뭐 바닷속에 특별한 게 있는 줄 아십니까?"

남자가 어이없다는 표정으로 여자를 쳐다보았다.

"바닷속은 우리 사는 세상과 다를 줄 알았어요."

"땅이나 바닷속이나 다를 게 없습니다."

"지금 들어갈 순 없나요?"

"위험합니다."

"그럼 언제 들어가나요?"

"바다가 제 색으로 돌아올 때 들어갈 겁니다."

허연 거품을 게워내는 바다를 들여다보던 여자가 혼잣말처럼 중얼거렸다.

"바다는 왜 저 모양일까요?"

"누군가 바다를 거세게 걷어찼기 때문입니다."

"누가 그런 짓을 했단 말인가요?"

남자가 벌떡 일어났다. 그러고는 산책길로 올라가선 성큼성큼 걸어가버렸다. 여자는 허연 거품이 일렁거리는 바다를 들여다보았다. 물속 깊은 곳에서 뭔가 일이 벌어지고 있었다. 여자는 경사 길을 조심스럽게 내려갔다. 발밑에서 바위 조각이 부스러졌다. 바닷바람에 치맛자락이 찢어질 듯 펄럭거렸다. 자칫 미끄러지면 그대로 바닷속에 처박힐 것이다. 하지만 여자는 계속 내려갔다. 젖은 해안에 내려섰지만, 바다에는 짐승이 뱉은 침이 가득할 뿐 아무것도 보이지 않았다. 튀어 오른 물거품이 아교처럼 원피스에 들러붙었다. 바위틈에 달라붙은 흐느적거리는 해초를 향해 손을 뻗었지만 닿지 않았다. 상체를 숙인 탓에 배가 끊어질 듯 아팠다. 허리를 펴고 파도가 검은빛 바위를 채찍질하듯 때리는 광경을 지켜보던 여자는 천천히 돌아서서 젖은 길을 거슬러 올라갔다.

선착장으로 이어지는 산책로가 텅 비어 있었다. 뱃길이 열려 있을 땐 늘 북적거리던 길이 적막했다. 섬 주민들은 밤이고 낮이고 보이지 않았다. 지붕 낮은 집에 웅크린 그들은 종일 꿈쩍하지 않았다. 섬을 돌아다니는 건 뱃길이 끊어지면서 섬에 갇혀버린 여자와 남자, 중국음식점에서 키우는 개들밖에 없었다. 여자는 목덜미의 흥건한 땀을 닦고 산책로를 걸어가기 시작했다. 검은빛 판석이 기름을 뿌려놓은 듯 번들거렸다. 여자는 신중하게 걸음을 옮겼다.

횟집이 나타났다. 출입문이 잠겨 있었다. 조금 전 바다 물빛을 살피던 젊은 남자가 머무르는 2층 방 창문이 열려 있었다. 남자와 좀 더 얘기를 나누고 싶었던 여자는 횟집 앞을 서성거렸다. 그러나 남자는 기척조차 없었다. 횟집 유리창에 비친 불룩한 자신의 배를 쳐다보던 여자는 어쩔 수 없다는 듯 걸어가기 시작했다. 보말칼국수 식당 앞에 앉아 있던 한 할머니가 벌떡 일어나서 버럭 소리를 내질렀다.

"어딜 다녀오는 거야?"

"예?"

"어딜 갔나 오냐고?"

"그냥 섬을 한 바퀴 돌았어요."

"혼자서 함부로 돌아다니면 안 돼."

"왜요?"

"뱃길이 열릴 때까지 방에서 꼼짝하지 마."

여자는 이해할 수 없다는 듯 할머니의 새카만 얼굴을 바라
보았다. 여자의 묵묵부답에 할머니 입에서 토속어가 쏟아져
나왔다. 해석할 수 없는 말이 갓 잡아 올린 고등어처럼 펄떡거
렸다. 여자는 할머니를 지나쳐서 민박집을 향해 걸어갔다. 할
머니가 쫓아오며 계속 알아들을 수 없는 말을 퍼부었다. 여자
는 더 빨리 걸었다. 심장이 미친 듯이 뛰었다. 뒤쪽에서 철퍼
덕거리는 소리가 들렸다. 바닥에 주저앉은 할머니의 발바닥이
새카맸다. 여자는 숨을 헐떡거리며 계속 걸어갔다. 벌떡 일어
난 할머니가 슬리퍼를 주워들고 맨발로 쫓아왔다. 심장이 목
구멍 밖으로 튀어나올 듯 쿵쾅거렸다. 민박집 골목에 접어들
었다. 할머니가 뜨거운 햇살이 송곳처럼 박혀 있는 길을 맨발
로 껑충껑충 뛰어오고 있었다. 민박집에 들어선 여자는 신발
을 벗어 던지고 방에 들어가서 문을 걸어 잠갔다. 잠시 후 할
머니의 쇠 밥그릇 내던지는 듯한 목소리가 민박집 시멘트 바
닥을 쩌렁쩌렁 울렸다. 주인 할머니가 안채 방문을 열고 얼굴
을 내밀었다.

"뭔 일이여?"

"잘 지켜보라고 했지?"

"발 달린 짐승을 어쩌라고."

"그러게 왜 손님을 받고 지랄이여."

"뱃길이 끊어졌으니 어쩔 수 없잖아."

"그때 일 잊었어?"

"그럴 리 있나."

두 사람의 목소리가 갑자기 빨라졌다. 귀를 바짝 세웠지만 무슨 말인지 알아들을 수 없었다. 머리가 어지러웠다. 돌덩어리가 짓누르고 있는 듯 몸이 무거웠다. 여자는 습기를 잔뜩 머금은 이불에 누웠다. 고물 선풍기가 털털거리며 돌아갔다. 바람이 후덥지근했다. 벌어진 문틈에서 흙 알갱이가 흘러내렸다. 천장 구석 시커먼 얼룩에 파리가 새카맣게 달라붙어 있었다. 여자는 가쁜 숨을 가라앉히며 천장의 무늬를 쫓았다.

그때 방문이 쾅쾅 울렸다. 여자는 죽은 듯 꿈쩍하지 않았다. 방문이 부서질 듯 흔들렸다. 천장과 벽에서 쥐똥처럼 굵은 흙 알갱이가 툭툭 떨어졌다. 여자는 숨을 죽인 채 합판으로 만든 방문을 쳐다보았다.

"내가 지켜보고 있으니 함부로 돌아다니지 마."

방문을 뚫고 들어온 음산한 목소리가 여자의 귓구멍을 푹 찔렀다. 여자는 비명을 지르며 모로 쓰러졌다. 씨근덕거리던 숨소리가 천천히 가라앉았다. 바닥을 질질 끄는 슬리퍼 소리가 조금씩 멀어졌다. 그제야 여자는 참았던 숨을 길게 토해냈다. 한낮의 민박집은 다시 깊은 침묵에 휩싸였다.

어느 날 갑자기 배 속에서 이물감이 느껴졌다. 전에 없던 느낌에 여자는 당혹스러웠다. 눈에 보이지 않는 작은 벌레가 살갗을 기어가는 듯한 느낌은 갈수록 명징해졌다. 그리고 한순간 태동이 온몸의 감각을 흔들었다. 때때로 여린 생명의 박동이 천둥처럼 몸을 흔들었다. 그것은 절대 유리될 수 없는 결속이었다. 그때부터 알 수 없는 무력감이 바윗덩어리처럼 의식을 짓눌렀다.

여자는 눈을 떴다. 창밖이 깜깜했다. 목이 타는 듯 말랐다. 방문을 열자 시멘트 바닥에 드러누운 안개가 흘깃 쳐다보았다. 툇마루에 걸터앉자 안개가 슬금슬금 발을 먹기 시작했다. 순식간에 하체가 사라졌다.

여자는 방문 옆 벽에 걸린 랜턴을 들고 민박집을 나섰다. 골목길을 가득 메운 안개가 성긴 풀처럼 발목을 감았다. 여자는 벌레를 털어내듯 발을 흔들었다. 섬은 안개 천지였다. 집들의 불빛이 아득한 등댓불처럼 어른거렸다. 또 다른 섬의 해안선이 손에 잡힐 듯 가까웠다. 빛들이 굽이치는 해안선을 따라 은하수처럼 흘렀다. 그때 돌연 굶주린 짐승의 울음소리 같은 무적霧笛이 섬을 쩌렁쩌렁 울렸다. 짙은 안개 속에 낮게 엎드린 섬이 화답하듯 꿈틀거렸다.

편의점은 문이 닫혀 있었다. 유리문 안에서 냉장고 돌아가는 소리가 났다. 한낮이면 늘 낮잠을 자던 주인 남자는 보이지 않았다. 이가 빠진 듯한 진열장이 랜턴 불빛에 드러났다. 카운터 위에 빈 술병과 술잔이 흐트러져 있었다. 목이 탔다. 목구멍이 불이 붙은 것처럼 뜨거웠다. 차가운 탄산을 마시지 못하면 몸이 활활 타올라서 한 줌의 재가 될 것 같았다. 여자는 편의점 문을 쾅쾅 두들겼다. 그러나 아무리 두들겨도 문은 열리지 않았다. 여자는 천천히 돌아섰다. 무언가에 홀린 듯 죄 없는 사람의 멱살을 붙잡고 쏟아내는 욕설 같은 무적 소리를 향해 걸어갔다.

경사 길이 시작되자 숨이 차올랐다. 안개에 잠긴 젖은 풀들이 서걱서걱 몸을 흔들었다. 풀숲에서 소리가 났다. 랜턴을 비추었지만, 쥐도 개구리도 없었다. 하지만 우거진 풀숲 어딘가에 온몸이 새파란 뱀이 혀를 날름거리고 있을 것 같았다. 뱀의 똬리에는 백옥처럼 희고 커다란 알이 숨겨져 있을 것이었다. 젖어 엉킨 풀을 바라보던 여자는 다시 경사 길을 올라갔다. 몸이 무거웠다. 어제와 오늘이 달랐다. 내일은 발밑이 내려앉을 것이었다. 랜턴 불빛에 고양이들이 나타났다. 어미와 새끼 다섯 마리의 눈빛이 여자의 부푼 몸을 훑었다. 어미가 먼저 풀숲으로 들어갔다. 새끼들은 여자를 노려보며 야옹야옹 울었다. 할 말이 없는 여자는 그저 지켜볼 수밖에 없었다. 언덕에 올라서자 무적 소리가 몸을 흔들었다. 과거와 현재와 미래가 동시에 요동쳤다. 굵은 안개의 입자가 가시 철선처럼 몸을 칭칭 감았다. 여자는 얼굴에서 흘러내리는 소금기 섞인 물기를 닦고 어둠 속에 우뚝 선 등대를 올려다보았다.

등대에서 뻗어 나온 서치라이트가 두꺼운 안개를 일직선으로 꿰뚫었다. 여자는 불빛을 향해서 주춤주춤 다가갔다. 행복했던 순간과 불행했던 기억이 뒤섞여서 떠올랐다. 웃자란 풀을 한 움큼 뜯어 손을 펼쳤다. 허공에 뜬 풀이 심연으로 천천히 가라앉았다. 여자는 움직임을 멈추었다. 한 발은 땅이고 한 발은 허공이었다. 양립할 수 없는 두 개의 세계가 흔들리고 있었다. 무게의 균형추가 팽팽하게 맞섰다. 어느 쪽에도 쏠리지 않는 균형이었다. 어리석음을 꾸짖는 소리가 몸을 흔들었다. 옳고 그름을 판단하는 판관은 사라진 지 오래였다. 오직 칼날 위에 올라선 자만이 모든 걸 결정할 수 있었다. 여자는 눈을 감았다. 뜨거운 결의가 사악한 뱀처럼 머리를 치켜들었다. 때론 아둔한 자의 신념이 산을 무너뜨리고 바다를 뒤집었다. 눈두덩에 내려앉은 안개가 눈물로 변해 흘러내렸다. 안개 속에서 뻗어 나온 손이 여자의 뒷덜미를 낚아챘다.

"누구시죠?"

"등대 직원입니다."

여자는 등대 직원의 손을 떨쳐내며 차갑게 말했다.

"그저 바다를 구경했을 뿐이에요."

"어제도 등대 주변을 배회하는 걸 봤습니다."

직원이 우뚝 솟은 등대를 가리켰다. 그곳에서는 섬 전체가 내려다보였다. 그들은 그곳에서 서열 싸움을 벌이는 개들과 이방인들의 행동을 주의 깊게 지켜보고 있었다.

"산책도 못 하나요?"

"오늘처럼 안개 짙은 밤에는 돌아다니면 안 됩니다."

"이 섬에 안개가 끼지 않는 날이 있나요?"

"있습니다."

여자는 고개를 절레절레 흔들었다. 이 짙은 안개 속에서 길을 잃은 배들은 무적 소리를 듣지 못하고 서치라이트를 보지 못할 것이다. 그들은 굳건한 땅에 있고 배들은 흔들리는 바다에 있었다. 그들이 과연 바다에 있는 자들의 심정을 이해할 수 있을까. 그럴 리 없었다. 그들은 단지 전능한 신의 흉내를 내고 있을 뿐이었다. 여자는 돌아서서 걷기 시작했다. 기다렸다는 듯 안개가 크게 입을 벌려 등대 직원을 삼킨 다음 우적우적 씹어 먹었다.

완만한 경사 길을 내려가자 안개가 빠르게 옅어졌다. 남쪽 전망대에 도착한 여자는 랜턴으로 해안을 비추었다. 갯강구들이 파다닥 흩어졌다. 검은 바위를 희롱하던 파도가 화들짝 놀라 뒤로 물러났다. 랜턴 불빛이 밤바다를 헤집었다. 짐승이 토악질한 허연 거품이 보이지 않았다. 물빛이 변해 있었다.

여자는 산책로를 걸어갔다. 안개가 젖은 발을 토해냈다. 횟집 앞 야외 테이블에 젊은 남자가 횟집 주인과 마주 앉아 있었다. 여자는 테이블 주변을 괜히 서성거렸다. 횟집 주인이 자리를 권하자 여자는 못 이기는 척 자리에 앉았다. 담배 냄새가 역했지만, 꾹꾹 눌러 참았다. 여자는 시선을 회피하는 남자를 향해 말했다.

"바다 물빛이 변했어요."

"알고 있습니다."

"내일은 바다에 들어가나요?"

"아마도 들어갈 수 있을 것 같습니다."

"바닷속에 관한 걸 더 이야기해주세요."

"대체 뭐가 알고 싶은 겁니까?"

"바다에 관한 거라면 전부 알고 싶어요."

횟집 주인이 슬그머니 일어나서 자리를 피했다. 혼자 남은 남자의 눈빛이 초점을 잃었다. 여자는 턱을 당기고 남자의 입을 뚫어지게 주시했다. 담배 연기를 길게 내뿜은 남자가 한숨을 내쉬며 말을 이었다.

"바닷속은 무중력의 우주와 똑같습니다. 오직 자신의 심장이 뛰는 소리만 들릴 뿐 그 어떤 소리도 들을 수 없습니다."

"또 뭐가 있나요?"

"바닷속에선 모든 물체가 가깝고 크게 보입니다."

"그건 왜 그렇죠?"

"빛의 굴절 때문입니다."

"그리고요?"

"수심 20미터 아래에서는 모든 물체가 회색으로 보입니다."

"그건 왜 그렇죠?"

"빛의 흡수 때문입니다."

"더 없나요?"

남자의 입에서 깊은 한숨이 흘러나왔다.

"내가 가장 싫어하는 게 뭔지 아십니까?"

"뭐예요?"

"난 누가 바다를 더럽히는 걸 가장 싫어합니다. 내 말 무슨 뜻인지 아시겠지요?"

"모르겠어요. 아무것도 모르겠어요."

여자는 베드로처럼 모든 걸 강하게 부정했다.

"바다는 말입니다. 아무거나 받아주는 그런 존재가 아닙니다. 아시겠어요?"

"세상의 70퍼센트가 바다인데 좀 받아주면 안 되나요?"

"아무리 넓어도 받아들일 수 있는 것과 없는 게 있습니다."

남자가 눈꼬리를 치켜떴다. 여자도 물러서지 않았다.

"그렇게 많은데 그 정도 아량을 베풀지 못한단 말인가요?"

"이것저것 다 받아주다간 금방 끝장납니다."

젊은 남자는 더 할 말이 없다는 듯 벌떡 일어나서 횟집으로 들어가버렸다. 혼자 남은 여자는 밤바다를 돌아보았다. 수평선이 기름을 엎지른 듯 번들거렸다. 그 아래에 모든 인과 관계를 제자리로 돌려놓을 수 있는 깊고 어두운 세상이 있었다.

여자는 천천히 일어나서 불 꺼진 횟집 2층을 올려다본 다음 산책로를 느릿느릿 걸어가기 시작했다. 집들은 모두 깊이 잠들어 있었다. 섬을 짓누른 무기력에 깔린 사람들의 숨소리가 희미하게 들려왔다. 파출소에서 흘러나온 불빛이 섬처럼 떠 있었다. 여자는 안개 사라진 골목을 지나서 민박집에 들어섰다. 안채는 불이 꺼진 지 오래였다. 주인 할머니는 저녁 밥상을 물리기 바쁘게 잠이 들었다. 여자는 수돗가에서 발을 씻고 방으로 들어갔다. 축축한 습기가 벌레처럼 맨살에 달라붙었다. 선풍기 스위치를 누르고 숨 죽은 요에 몸을 눕히고 무기력이란 이불을 덮었다. 피로가 몰려왔다. 여자는 터질 듯 부풀어 오른 배를 어루만지며 눈을 감았다.

여자는 한 마리 인어가 되어 바닷속을 유영하는 꿈을 꾸었다. 생김새가 다른 물고기가 떼를 지어 몰려와서 여자를 둘러싸고 희롱했다. 지느러미를 흔들며 물고기들과 춤을 추고 있을 때 어디선가 묵직한 금속음이 들려왔다. 물고기 떼가 빠르게 흩어졌다. 소리가 천둥처럼 몸을 흔들었다.

여자는 눈을 떴다. 방문 손잡이가 돌아가고 있었다. 문틀이 어긋난 방문이 삐걱거리며 열렸다. 침입자가 밤공기를 매달고 방으로 들어왔다. 여자는 눈을 감고 숨소리를 죽였다. 침입자가 머리맡에 쪼그려 앉았다. 그리고 손가락을 여자의 코밑에 댔다. 소금 냄새가 진동했다. 단순한 소금기가 아니었다. 적어도 수십 년 동안 바닷물에 담근 짠내였다. 여자는 참고 참은 숨을 민박집 주인 할머니 손가락을 향해 토했다. 뜨거운 숨결에 놀란 할머니가 얼른 손가락을 거두었다. 그러나 할머니는 쉬이 방을 나가지 않았다. 좁은 방 안에 놓여 있는 물건을 하나씩 세심하게 살폈다. 마지막으로 휴지통을 뒤집어 코 푼 휴지까지 확인한 뒤에야 방을 나갔다.

방문이 철컥 닫히는 소릴 들으며 여자는 다시 꿈속으로 들어갔다. 도망친 물고기들이 어느새 돌아와서 여자를 둘러싸고 있었다. 수만 마리 물고기의 비늘이 보석처럼 반짝거렸다. 여자가 허리를 뒤틀자 물고기 떼가 현란한 빛을 튕겨내며 회전했다. 물고기들과 한 덩어리가 된 여자는 더 깊고 더 넓은 바닷속을 유유히 유영했다.

다음 날 아침, 여자는 민박집을 나섰다. 수평선에 솜뭉치 같은 구름이 낮게 깔려 있을 뿐 하늘은 푸르고 맑았다. 하지만 뱃길이 열린다는 소식은 여전히 없었다.

중국음식점 앞에 퍼질러 앉아 있던 개들이 여자를 발견하곤 몸을 일으켰다. 머리에 찢어진 상처가 있는 덩치 큰 개가 어슬렁거리며 길을 막았다. 그리고 통행세를 내놓으라는 듯 으르렁거렸다. 날카로운 송곳니가 반짝거렸다. 여자는 당혹스러운 눈빛으로 뒤를 돌아보았다. 어느새 10여 마리의 개들이 포진하고 있었다. 여자는 불룩 나온 배를 들이밀었다. 개들의 눈빛이 심드렁했다. 주변을 돌아봤지만 사람 그림자 하나 보이지 않았다. 식은땀이 났다. 입술을 잘근잘근 깨물던 여자는 앞으로 한 발을 내디뎠다. 덩치 큰 개가 으르렁거렸다. 심장이 뛰었다. 한 걸음 더 나아갔다. 개가 낮게 으르렁거리며 슬쩍 비켜섰다. 여자는 뒤를 돌아보지 않고 뜨거운 햇살이 출렁거리는 길을 한 걸음씩 나아갔다. 편의점이 보였다. 뒤를 돌아보니 머리가 찢어진 덩치 큰 개 혼자 뒤를 쫓아오고 있었다.

이윽고 편의점 앞에 도착한 여자는 느긋하게 뒤를 돌아보았다. 편의점 맞은편에 자리를 잡은 개가 여자를 쳐다보고 있었다. 출입문을 열었다. 어제 오후 평상에서 배를 드러내고 자던 사내가 게슴츠레한 몰골로 카운터에 앉아 있었다. 여자는 냉장고에서 꺼낸 차가운 캔 음료를 카운터 위에 놓았다. 사내가 시큰둥한 표정으로 여자를 올려다보았다.

"또 다른 건?"

여자는 뒤를 돌아보았다. 개와 눈이 마주쳤다. 사내가 굵은 손가락으로 카운터를 툭툭 두들겼다. 이가 빠진 듯 들쑥날쑥한 매대에 굵은 소시지가 걸려 있었다. 여자는 소시지 두 개를 빼어 캔 음료 옆에 올려놓았다. 그제야 사내가 흡족한 표정으로 계산을 시작했다.

편의점 구석에서 캔 음료를 마시다 사레가 들렸다. 기침을 간신히 진정시킨 여자는 캔을 쓰레기통에 던져 넣고 밖으로 나갔다. 개가 벌떡 일어나서 컹컹 짖었다. 소시지를 흔들자 개의 사나운 눈빛이 한풀 꺾였다. 여자는 껍질을 벗긴 소시지를 개에게 주었다. 개는 서두르지 않았다. 천천히 느긋하게 한 입씩 소시지를 잘라 먹었다. 잠시 그 모습을 지켜보던 여자는 섬의 남쪽을 향해서 걸어갔다. 마지막 남은 소시지를 꿀꺽 삼킨 개가 서둘러 여자를 쫓아갔다. 잠시 후 여자와 개는 오랜 친구처럼 나란히 산책로를 걸어갔다.

횟집 주인이 야외 테이블에서 담배를 피우고 있었다.

"그 사람은요?"

"조금 전 스쿠버다이빙 장비를 들고 장군바위로 갔어요."

여자는 서둘러 남쪽 해안을 향해서 걸어갔다. 개는 여자가 든 소시지를 흘끔거렸지만, 달라고 요구하진 않았다. 대신 묵묵히 보조를 맞춰 걸어갔다. 여자도 자신의 손에 소시지가 들려 있다는 사실을 잊은 채 무거운 걸음을 옮기는 일에만 집중했다.

남쪽 해안에 도착해서 굽어살폈다. 슈트 차림의 남자가 스쿠버 장비를 착용하고 있었다. 여자는 조심조심 해안으로 내려갔다. 덩치 큰 개가 충직한 반려견처럼 여자의 걸음을 지켜보았다. 웨이트 버클을 채운 남자가 여자를 뒤돌아보곤 미간을 찡그렸다.

"또 뭡니까?"

"이젠 정말 바다에 들어가는군요."

"난 당신이 생각하는 것처럼 놀기 위해 바다에 들어가는 게 아닙니다."

"그럼 왜 들어가는 거예요?"

"동료가 스쿠버 중에 잃어버린 펜던트를 찾으러 들어가는 겁니다. 그러니 알량한 호기심 따윈 거두세요."

남자의 거친 말이 불편한 듯 개가 경고하듯 컹 짖었다. 남자가 어이없다는 표정으로 개를 노려보았다. 여자가 머리를 쓰다듬자 개가 입을 다물었다.

"어떤 펜던트인가요?"

"내 사랑하는 여자가 목숨처럼 아끼는 펜던트입니다."

남자는 해를 등지고 선 여자를 지긋지긋하다는 눈길로 쳐다보았다.

"그녀는 지금 어디에 있나요?"

"동료들과 함께 섬을 나갔습니다."

"그러니까 그녀의 펜던트를 찾기 위해서 이 섬에 혼자 남았군요."

"그래요. 이젠 그만 귀찮게 하고 가세요."

남자는 그렇게 말한 다음 스노클을 입에 물고 바닷속으로 뛰어들었다. 바닷물이 철썩 튀었지만, 여자와 개는 움직이지 않았다. 수면에 머리를 내민 남자가 잠영했다. 잠시 흐트러진 수면이 원래 모습을 되찾았다. 개가 수면을 들여다보며 컹컹 짖었다. 여자는 주변을 돌아보았다. 해안은 고요했다. 스쿠버 장비를 담는 검은색 가방과 간이 의자가 뜨거운 햇살 아래 놓여 있었다. 여자는 간이 의자에 앉았다. 등대 위로 바짝 다가온 태양이 뜨거운 열기를 내뿜었다. 먼바다에서 밀려온 파도가 검은빛 바위를 후려쳤다.

10분이 지났다. 10분이 더 지났지만, 바다는 아무 일 없었다. 다시 10분이 지날 무렵 개가 끙끙거렸다. 여자는 소시지 껍질을 벗겨 개에게 주었다. 개가 느릿느릿 소시지를 먹어 치우고 난 뒤에도 바다는 고요했다. 10여 분이 더 지나자 배가 당기고 허리가 아팠다. 졸음도 쏟아졌다. 여자는 간이 의자에서 무거운 몸을 일으켰다.

이번에는 개가 앞장서서 경사 길을 올라갔다. 먼저 산책로에 올라선 개가 충직한 부하처럼 여자를 지켜보았다. 산책로에 올라선 여자는 숨을 헐떡거리며 해안을 돌아보았다. 바다는 언제나 그렇듯 흔들리고 있었다. 여자와 개는 민박집을 향해 걸어가기 시작했다. 횟집 주인이 지나쳐가는 여자를 붙잡고 물었다.

"만났습니까?"

"바다로 들어가는 걸 봤어요."

횟집 주인이 손목시계를 흘긋 들여다보았다. 횟집 앞을 지나친 여자는 계속 걸어갔다. 민박집 골목에서 개와 헤어졌다. 덩치 큰 개는 여자가 민박집으로 들어가는 걸 확인한 뒤에야 어슬렁거리며 무리로 돌아갔다. 암컷 서너 마리가 꼬리를 흔들며 개를 반겼다. 하지만 덩치 큰 수컷은 암컷들의 관심이 귀찮다는 듯 중국집 처마 밑에 앉아서 깊은 상념에 잠겼다.

방으로 들어간 여자는 요에 누웠다. 낡은 선풍기가 털털거리며 돌아갔다. 여자는 할 수만 있다면 선풍기를 분해해서 기름칠하고 닦고 싶었다. 선풍기는 균형을 잃었다. 저런 상태론 얼마 가지 못하고 움직임을 멈출 게 분명했다. 그때가 언제쯤일까. 쓸모없는 생각을 하던 여자는 자신도 모르게 스르르 잠이 들었다.

방문을 두들기는 소리에 여자는 눈을 떴다. 문을 열자 민박집 좁은 마당에 등대 직원, 편의점 사내, 횟집 주인, 해녀 할머니를 비롯한 처음 보는 사람들이 모여 있었다. 뱃길이 끊어진 첫날 종일 뒤를 따라다니던 경찰관이 잠이 덜 깬 여자에게 물었다.

"그 사람, 바다에 들어가는 거 목격했습니까?"

"무슨 일이죠?"

"그 사람 아직도 바다에서 나오지 않았습니다."

여자는 어리둥절한 표정을 지었다. 횟집 주인이 나서서 다시 한번 물었다.

"물에 들어가는 거 봤지요?"

"물론이에요."

여자는 무거운 몸을 끌고 민박집을 나섰다. 섬 주민들이 그 뒤를 따랐다. 텅 빈 골목을 어슬렁거리던 개들이 다급하게 몸을 피했다. 낯선 사람들이 나타나서 무리에 합류했다. 뱃길이 끊어진 사흘 동안 보지 못한 사람들이었다. 여자를 앞세운 그들은 앞서거니 뒤서거니 산책로를 걸어가서 남쪽 해안에 도착했다. 해안 일대가 물에 잠겨 있었다. 누군가 옮겨 놓은 스쿠버 다이빙 장비 가방과 간이 의자가 산책로에 놓여 있었다. 스무 명이 해안을 내려다보며 수군거렸다. 그때 여자를 쫓아다니던 해녀 할머니가 바다를 가리키며 소리를 내질렀다.

"속았어. 속은 거야."

물결이 크게 일렁거렸다. 뒤집힌 물속에 허연 거품이 언뜻언뜻 드러났다. 짐승이 토악질한 거품이 수면 아래 음흉하게

숨어 있었다. 침울한 표정으로 바다를 내려다보던 사람들이
하나둘 발길을 돌렸다.

　해가 저물자 바다 곳곳에서 안개가 몰려들고 무적 소리가
성난 멧돼지 울음처럼 섬을 흔들었다. 어둠과 안개에 뒤섞인
바다와 땅은 형체를 구분하기 힘들었다. 민박집 할머니와 마
주 앉은 여자가 물었다.
　"그 사람, 어디에 있는 걸까요?"
　"멀리 갔어."
　"어디로요?"
　"조류에 휩쓸리면 일본까지 갈 수 있어."
　주인 할머니는 여자의 반응을 기다리지 않고 밥상을 물렸
다. 혼자 남은 여자는 주인 할머니 방을 돌아보았다. 방문 위에
오래된 흑백 사진이 걸려 있었다. 할머니와 비슷하게 생긴 처
녀가 어떤 남자의 팔을 붙잡고 환하게 웃고 있었다.
　그날 새벽 주인 할머니는 여자의 방에 들어오지 않았다. 여
자는 꿈을 꾸었다. 낯선 길을 홀로 걸어가는 꿈이었다. 들판
곳곳에 야생화가 만발했다. 붉은 꽃, 파란 꽃, 노란 꽃들이 영
역 싸움하듯 군집을 이룬 채 질식할 것 같은 향기를 내뿜고
있었다. 여자는 머리가 어질어질했지만 걸음을 멈추진 않았
다. 한 무리의 벌들이 윙윙거리며 날아갔고 처음 보는 새 떼

가 들판을 가로질렀다. 여자는 그 낯선 길을 홀로 끝없이 걸어갔다.

다음 날 아침 여자는 가방을 들고 민박집을 나섰다. 섬 앞바다에 해경 함선 세 척이 정박해 있었다. 선착장으로 가는 초지에 개들이 모여 있었다. 머리에 상처가 난 개가 여자를 향해 꼬리를 흔들었다. 먼바다에 여객선이 나타나자 개들이 동시에 짖기 시작했다. 선착장에 들어선 여객선이 정박하자 관광객들이 줄지어 내렸다. 중국음식점 주인들이 이름을 부르자 개들이 펄쩍펄쩍 뛰었다. 마지막 승객이 하선한 뒤에 여자는 신중한 걸음으로 배에 올랐다. 사람들이 불안한 시선으로 뒤뚱거리는 여자를 지켜보았다.

제주로 돌아가는 손님은 여자 혼자였다. 여자는 텅 빈 선실로 들어가서 자리에 앉았다. 선창 너머로 섬이 조금씩 멀어졌다. 여객선은 잔잔하게 가라앉은 바다를 일직선으로 갈랐다. 이따금 큰 파도가 몰려올 때마다 여자의 더 무거워진 몸이 공중으로 둥실 떠올랐다. 여자는 선실 의자를 단단하게 잡고 젊은 남자의 얼굴을 떠올렸다. 그런데 이상하게도 그 얼굴이 기억나지 않았다. 바닷속으로 들어가던 모습만이 기억날 뿐이었다.

여자는 선창 너머 바다를 바라보았다. 푸른 바다가 살아 숨쉬듯 일렁거리고 있었다. 문득 해안 절벽의 바가 생각났다. 버진 블루 라군을 떠올리자 시큼한 레몬을 씹은 것처럼 입 안 가득 침이 고였다. 여자는 침을 꿀꺽 삼키며 배의 흔들림에 몸을 맡겼다.

옥수수밭의 구덩이

LIFE
GUARD

자정을 알리는 알람이 울렸다. 그는 시계를 눌러 끄고 침대를 내려갔다. 두꺼운 커튼 사이로 옥수수밭이 보였다. 커다란 달이 광활한 옥수수밭에 푸르스름한 빛을 흩뿌리고 있었다. 키 큰 옥수수가 몸을 흔들자 달빛이 파편처럼 사위로 튕겨 나갔다. 그 어떤 방향성도 없이 무의미하고 무질서한 흔들림을 지켜보던 그는 커튼을 닫고 카키색 체크 셔츠를 입고 거실로 나갔다. 옷가지와 신문 쪼가리가 발에 걸렸다.

딸의 방문이 삐죽 열려 있었다. 문손잡이를 당기자 옥수수가 와르르 쏟아졌다. 산더미처럼 쌓인 옥수수 사이로 1인용 침대와 책상의 형체가 희미하게 드러났다. 문이 활짝 열린 옷장에도 허연 수염이 달린 옥수수가 가득했다.

그는 천천히 돌아서서 아내의 방으로 들어갔다. 그곳에도 씨알 굵은 옥수수가 잔뜩 쌓여 있었다. 옥수수 더미에 삐져나온 가죽끈을 잡아당기자 아내의 핸드백이 딸려 나왔다. 핸드백에는 손때 묻은 립스틱 하나가 들어 있을 뿐 아무것도 없었다. 안쪽 지퍼를 열어보니 결혼식 사진이 있었다. 그는 자신과 아내의 아름다운 시절이 박제된 사진을 뚫어지게 들여다보았다. 주례석에 아내가 근무하던 학교 교감이 근엄한 표정을 짓고 서 있었다. 교감은 혀가 짧고 키가 작았다. 대신 말이 길었다. 교감의 훈시 같은 주례사가 엿가락처럼 늘어지자 하객들이 똥 마려운 개처럼 몸을 비틀었다. 그 역시 식은땀을 삐질삐질 흘리며 교감의 주례가 끝나기를 기다렸다. 이윽고 교감이 모호하고 관념적인 말을 남김없이 전부 쏟아낸 듯 입을 닫았다. 그제야 주리를 틀던 하객들이 허리를 펴고 서로를 돌아보며 미소를 지었다. 그런 하객들을 못마땅한 눈빛으로 노려보던 교감의 얼굴이 어제처럼 선명하게 기억났다.

핸드백을 옥수수 더미 위에 올려놓고 현관문을 열었다. 마당을 가로지른 그는 창고 문을 열고 전등 스위치를 켰다. 창고 한쪽 벽에 전기톱, 그라인더, 망치, 리퍼, 줄자, 평형계가 질서정연하게 진열되어 있었다. 그 반대편에는 스무 개의 삽과 곡괭이가 세워져 있었다. 그중 삽 다섯 개는 앞부분이 닳았거나 손잡이가 떨어져 나간 것이었다.

　새 삽과 곡괭이의 나무 손잡이에 붉은색 페인트로 그의 이름이 적혀 있었다. 삽과 곡괭이를 살피던 그의 날카로운 시선이 붉은색 삽에 멈추었다. 삽을 들었다. 그 어떤 오물에 닿지 않은 신선한 쇠 냄새가 강하게 풍겼다. 그는 의장대가 총검을 돌리듯 삽을 휙휙 돌렸다. 삽이 경쾌한 파장을 일으키며 허공을 선회했다. 삽을 고른 그는 스위치를 끄고 창고 문을 닫았다.

　대문을 나서는 순간 어디선가 잠들지 못한 개가 컹컹 울었다. 그러나 그것도 잠시 주택가는 깊은 적요에 빠져들었다. 삽을 어깨에 걸친 그는 골목을 거슬러 올라갔다. 담장이 끝나는 곳에 무성한 옥수수가 높은 벽처럼 버티고 있었다.

　그곳은 원래 들짐승들이 배회하던 황무지였다. 오래전 호기심 넘치는 사내아이 두 명이 황무지로 들어간 뒤에 실종되었다. 경찰이 사흘 동안 황무지를 이 잡듯이 수색했지만 끝내 아이들을 찾지 못했다. 마을 사람들은 황무지 입구에 철조망을 세운 다음 출입 금지 구역으로 선포했다. 그로부터 1년 뒤 서쪽 하늘에서 까마귀 떼가 날아왔다. 황무지를 새카맣게 뒤덮은 까마귀들은 밤낮을 가리지 않고 울었다. 지독한 소음을 견디지 못한 동네 사람들이 황무지로 몰려나와 돌을 던지기 시작했다. 그러나 까마귀들은 사람들이 던진 돌을 가볍게 피하고는 더 미친 듯 울었다. 화가 치민 사람들이 공기총을 들고 달려 나왔다. 매일 수백 발의 총성이 황무지를 흔들었다. 때론 폭약 터지는 소리가 났다. 점차 줄어들기 시작한 까마귀들은 이듬해 초봄이 되자 황무지에서 완전히 철수했다.

까마귀가 떠난 황무지에 옥수수 싹 서너 개가 얼굴을 내밀 었다. 한여름 뜨거운 햇살을 듬뿍 빨아들여 성장한 옥수수에 씨알 굵은 열매가 주렁주렁 열렸다. 이듬해는 더 많은 옥수수 가 황무지 곳곳에서 생장하기 시작했다. 그리고 역병처럼 무 서운 속도로 퍼져 나간 끝에 황무지 전체가 옥수수밭으로 변 했다. 매년 여름 끝자락이면 옥수수 익어가는 냄새가 황무지 를 진동했다. 그러나 기이하게도 멧돼지와 고라니는 출몰하지 않았다. 대신 달콤한 냄새에 이끌린 마을 사람들이 철조망을 뜯고 황무지로 들어갔다. 그들은 마대 자루 가득 옥수수를 따 서 집에 가져와서 찌고 구워서 먹었다.

어느 날 삶은 옥수수를 먹고 복통을 일으킨 한 여자가 응급 차에 실려 갔다. 매일 응급차 사이렌이 마을을 휘젓고 다니자 사람들은 집 안 가득 쌓아 놓은 옥수수를 남김없이 황무지에 갖다 버렸다. 그때부터 옥수수는 누구의 방해도 받지 않고 제 멋대로 열매를 맺었고 저절로 떨어져 썩어갔다. 점점 더 비옥 해진 황무지에서 옥수수는 더 굵고 더 많은 열매를 맺었다.

그는 옥수수밭으로 들어갔다. 고랑도 없이 함부로 자란 성 긴 옥수수가 앞을 가로막았다. 그는 노회한 농부처럼 삽으로 이파리를 밀어내며 계속 나아갔다. 반 시간쯤 옥수수를 헤치고 나아가자 작은 둔덕이 나타났다. 둔덕 위에 헐벗은 미루나무 한 그루가 서 있었다. 둔덕으로 올라간 그는 미루나무 둥치에 등을 기대고 저 멀리 마을의 불빛을 바라보았다. 모든 악의가 사라진 세상은 물속처럼 고요했다. 땀을 식힌 그는 일어나서 둔덕을 넘어갔다. 빽빽한 옥수수가 조금씩 헐거워졌다.

잠시 후 좌우로 열 걸음 정도의 빈터가 나타났다. 그는 듬성듬성한 옥수수를 흘긋 쳐다본 다음 삽을 땅에 대고 발로 힘껏 밟았다. 땅으로 쑥 들어간 삽을 뒤집자 시커먼 흙이 나왔다. 허리를 숙여 흙을 만졌다. 부드럽고 찰진 흙 알갱이가 손끝에서 부서졌다. 천천히 고개를 끄덕인 그는 구덩이를 파기 시작했다. 동작은 단순했다. 삽을 밟아 땅속 깊이 밀어 넣고 흙을 퍼내면 그만이었다. 작은 구덩이가 만들어졌다. 구덩이로 들어간 그는 더 많은 흙을 밖으로 퍼내기 시작했다. 흙더미에서 몸통이 잘린 지렁이들이 꿈틀거리며 기어 나왔다. 구덩이는 점차 넓고 깊어졌다.

한 시간쯤 지날 무렵 삽 끝에 딱딱한 게 부딪혔다. 사금파리 조각이었다. 그는 달빛을 받아 반짝거리는 사금파리 조각을 구덩이 밖으로 내던졌다. 이번에는 플라스틱 조각이 나왔다. 찢어진 구두, 화장품 병, 목이 빠진 인형이 차례로 나타났지만, 그는 개의치 않고 계속 땅을 팠다. 자질구레한 물건이 사라지고 다시 황무지 냄새를 풍기는 시커먼 흙이 나왔다. 구덩이에서 퍼낸 흙이 산더미처럼 쌓여갔다. 한순간 삽 끝에 둔중한 느낌이 닿았다. 그는 삽질을 멈추고 갈라진 흙을 들여다보았다. 뭔가 있었다. 삽을 내려놓고 쪼그려 앉아 흙 속으로 손을 밀어 넣었다. 하지만 아무것도 만져지지 않았다. 그는 조금 전 상황을 복기했다. 삽 끝에 뭔가 닿은 느낌이 선명하게 떠올랐다. 그것일까. 가벼운 전율이 일어났다.

그는 구덩이 밖으로 나가서 흙더미 위에 주저앉았다. 손이 가볍게 떨렸다. 지금까지 밤마다 황무지에서 판 구덩이가 수십 개였다. 그런데 이렇게 강렬한 느낌을 준 구덩이는 처음이었다. 문득 지난주에 만난 남자의 얼굴이 떠올랐다. 40대 중반의 남자는 땀을 뻘뻘 흘리며 구덩이를 파고 있었다. 그는 남자가 판 구덩이를 들여다보며 먼저 말을 걸었다.

"꽤 깊이 팠군요."

"아직 멀었소."

남자의 구덩이는 허리가 잠길 정도로 깊었다.

"얼마나 깊이 파려는 겁니까?"

"늘 1미터 깊이로 팝니다."

"그렇게나 깊이요?"

"당신은 얼마나 파는 거요?"

"난 그날 기분 내키는 대로 팝니다."

남자가 고개를 절레절레 저었다.

"깊이가 그렇게 중요합니까?"

"중요하오."

"어째서죠?"

"일정한 깊이로 구덩이를 팔 때 그것을 찾아낼 확률이 높아지기 때문이오. 나도 처음 구덩이를 팔 땐 당신처럼 규칙과 일관성이 없었소. 그저 생각날 때 삽을 들고 옥수수밭으로 들어와서 마구잡이로 구덩이를 판 거지요. 그런데 수십 개의 구덩이를 팠는데도 그것이 나타날 조짐조차 없었소. 그래서 다른 방법을 찾아낸 거요."

"그때부터 일정한 깊이로 구덩이를 파기 시작했단 말인가요?"

"그렇소."

남자는 허리에 차고 있는 줄자를 꺼내 구덩이 깊이를 쟀다. 70센티미터 눈금을 확인한 남자가 줄자를 차고 구덩이 밖에 서 있는 그를 올려다보았다.

"그래. 오늘 성과는 있었소?"

"전혀 없습니다. 그쪽은요?"

"아직은 없소."

"혹시 그게 어떤 느낌인지 아십니까?"

"쇠붙이가 강한 자기에 끌리는 것과 비슷하다고 들었소."

"우린 정말 그것을 찾을 수 있을까요?"

남자가 불신과 회의를 걷어 내듯 단호하게 말했다.

"믿어야 하오. 믿지 않으면 우린 그것을 절대 찾을 수 없소."

"하지만."

"의심과 나약함은 금물이오."

"알겠습니다."

그는 남자의 말에 동조하듯 천천히 고개를 끄덕거렸다.

"그런데 말입니다."

"뭐요?"

"만약 그것이 1미터 10센티미터에 묻혀 있으면 어떡합니까?"

순간 남자의 얼굴에 당혹감이 떠올랐다.

"절대 그럴 리 없소. 그것은 분명 1미터 깊이에 파묻혀 있소."

그는 자신의 말을 강하게 부정하던 남자의 얼굴을 떠올리며 구덩이를 들여다보았다. 구덩이는 푸른 물이 찰랑거리는 우물 같았다. 두레박을 내리면 한가득 달빛을 퍼올릴 수 있을 것 같았다. 그 남자는 분명 그것을 자기장에 끌리는 느낌이라고 했다. 조금 전 삽 끝에 닿던 느낌이 그러했던가. 확실치 않았다. 단지 삽이 뭔가를 건드린 것 같았다. 흙 속에 뭔가 있는 느낌이었다. 하지만 지금까지 판 구덩이에서 한 번도 느끼지 못한 강렬한 감지였다. 어떻게 해야 할까. 지금까지처럼 구덩이를 파야 하는 걸까. 아니면 새로운 형태의 구덩이를 파야 하는 걸까. 새로워야 했다. 구덩이의 그것이 새로움을 원하고 있었다. 그렇다면 더 깊고 더 넓은 형태의 구덩이가 있어야 했다. 그래야만 그것을 확실하게 찾을 수 있을 것이다. 주변을 한 바퀴 돌아보았다. 키 높은 옥수수가 바람에 휘청휘청 흔들리고 있었다.

그는 벌떡 일어나서 삽을 휘두르기 시작했다. 옥수수가 퍽퍽 쓰러졌다. 삽날이 옥수수의 허리를 뎅강뎅강 잘랐다. 이윽고 삽을 멈추자 구덩이를 중심으로 널찍한 공터가 만들어져 있었다. 그제야 그는 흡족한 표정으로 잘린 옥수수를 걷어내고 구덩이를 들여다보았다. 중심에서 강렬한 기운이 발산되고 있었다. 대어가 문 낚싯대를 잡은 것처럼 흥분이 끓어올랐다. 아직은 확신할 수 없었다. 상황을 면밀하게 판단해야 했다.

그는 주머니를 뒤졌다. 담배가 없었다. 침대 옆 협탁에 놓고 그대로 집을 나온 것이다. 담배 생각이 간절했다. 집에 다녀오기엔 거리가 너무 멀었다. 자리를 비운 사이에 누군가 구덩이를 차지할 수도 있었다. 담배 한 모금이면 지금의 상황을 냉철하게 분석할 수 있을 것 같았다. 그는 옥수수 이파리를 뜯어 질겅질겅 씹었다. 입 안이 썼다. 이파리를 내뱉고 구덩이를 돌았다. 더 간절한 담배 생각을 잊기 위해 그는 얼마 전에 치른 어머니 장례식을 떠올렸다.

　지난달 3년 동안 연락이 없던 여동생에게 전화가 걸려 왔
다. 막 퇴근해서 집에 도착할 무렵이었다. 여동생은 거두절미
하고 오랫동안 치매를 앓던 어머니가 돌아가셨다는 소식을 전
하고 매몰차게 전화를 끊었다. 황망했다. 잠시 우두커니 서 있
던 그는 옷장에서 검은색 양복을 꺼내 갈아입고 집을 나섰다.
　마을 입구에서 운 좋게 택시를 잡아탔다. 고속버스 터미널
을 향해 달려가던 택시는 좀처럼 속도를 내지 못했다. 러시아
워였다. 조금씩 속도를 낮추던 택시는 거의 움직일 수 없는 지
경에 이르렀다. 도로에 늘어선 자동차들이 신경질적으로 경적
을 울렸다. 택시 기사는 코를 킁킁거리며 라디오에서 흘러나
오는 노래를 따라 불렀다. 막차 시간이 빠듯했다. 정체가 풀리
지 않는다면 놓칠 수 있었다. 하지만 다른 방법이 없었다. 고
속 터미널로 가는 길은 꽉 막힌 도로밖에 없었다. 택시는 가다
가 서기를 반복했고 축농증 걸린 기사는 계속 코를 킁킁거리
며 노래를 흥얼거렸다. 전직 대통령의 죽음을 옆에서 지켜봤
다는 여자 가수의 노래를 듣고 있던 그는 꾸벅꾸벅 졸기 시작
했다. 밤마다 구덩이를 파는 그는 늘 수면 부족에 시달렸다. 옥
수수밭으로 들어갈 때마다 구덩이를 하나만 판다고 생각했는
데 그게 잘 지켜지지 않았다. 하나만 더, 하나만 더 하고 구덩

이를 파다 보면 어느새 날이 훤하게 밝아 오기 일쑤였다. 이런 이유로 그는 낮과 밤을 가리지 않고 늘 졸았다. 누군가 어깨를 흔드는 바람에 눈을 번쩍 떴다. 택시 기사의 샛노란 얼굴이 눈앞에 있었다.

"손님, 목적지에 도착했습니다."

"여기가 어딥니까?"

"저수동입니다."

"난 고속 터미널로 가자고 했는데요?"

"분명히 저수동으로 가자고 했습니다."

택시 기사가 소형 녹음기를 꺼내 스위치를 누르자 저수동을 외치는 자신의 목소리가 흘러나왔다. 택시 기사가 코를 킁킁거리며 녹음기 스위치를 껐다.

"이런 일이 많아서 늘 녹음을 합니다."

"다시 고속 터미널로 가주십시오."

"식사 시간이라서 운행할 수 없습니다."

택시 운전사는 그를 내려놓고 어두운 밤거리로 사라졌다. 그는 황당한 표정으로 주위를 돌아보았다. 가로등이 드문드문 켜진 거리는 인적이 없었다. 자동차도 보이지 않았다. 건물에 면한 건물은 대부분 불이 꺼져 있었다. 외국인 노동자 서너 명이 그를 흘끔거리며 지나쳐 갔다. 도로 건너편 2층 건물의 창문이 벌컥 열렸다. 한 남자가 얼굴을 내밀고 가래침을 퉤 뱉고 창문을 쾅 닫았다. 불 꺼진 슈퍼마켓 앞을 서성거렸지만, 오가는 택시가 없었다. 간간이 어둠 속에서 불쑥 나타난 덤프트럭이 굉음을 울리며 도로를 질주했다. 저수동에는 아는 사람이 없었다. 지금껏 단 한 번도 온 적이 없는 동네였다. 무엇보다 저수동으로 가자는 말을 한 기억이 없다는 사실이 곤혹스러웠다.

그는 슈퍼마켓 앞에 놓인 플라스틱 의자에 앉아서 텅 빈 거리를 바라보았다. 며칠 전 신문에서 저수동에 관한 기사를 읽은 기억이 생각났다. 저수동은 원래 인근 세 도시에서 배출된 쓰레기가 집결되는 매립지였다. 쓰레기를 받을 수 없는 포화 상태가 되자 그 위에 엄청난 양의 흙을 퍼붓고 택지를 조성했다. 건물과 집이 들어선 지 10년쯤 지났을 때 지반이 침하하기 시작했다. 침하 속도가 빠른 곳은 하루에 10센티미터씩 가라앉았다. 하수구에서 악취가 진동했고 수도에서 시커먼 오물이 쏟아져 나왔다. 시의 의뢰를 받은 토목 전문가들이 저수동을 찾아와서 지반을 조사했다. 그들이 내놓은 대책은 콘크리트 파일이었다. 침하가 심한 땅부터 콘크리트 파일을 심기 시작했다. 그러나 수십 미터에 달하는 파일은 바닥에 닿지 않았다. 지반이 젤리처럼 변한 것이다. 그런 어느 날 땅속에서 뭔가 부글부글 끓는 소리가 들려왔다. 곧이어 673가구 2천여 명이 사는 저수동이 거대한 싱크홀이란 소문이 여름날 시체 썩는 속도로 퍼져 나갔다. 주민들이 하나둘 저수동을 탈출하기 시작했다. 하지만 괴소문과 달리 싱크홀은 발생하지 않았다. 그렇지만 저수동이 점진적으로 가라앉고 있는 건 분명한 사실이었다. 저수동은 이제 갈 곳 없는 사람들만 버티고 있는 동네로 변했다. 그런데 왜 아무런 연고가 없는 저수동을 가자고 한 걸까. 플라스틱 의자에서 일어난 그는 어두운 거리를 터벅터벅 걸어가기 시작했다.

시 외곽의 병원 장례식장은 조용했다. 방은 모두 네 개였고 빈소가 차려진 곳은 한 곳이었다. 서둘러 빈소로 들어갔는데 여동생이 보이지 않았다. 문상객과 맞절하는 상주가 낯설었다. 무언가 이상했다. 영정 사진을 확인한 뒤에야 그는 장례식장을 잘못 찾아왔다는 사실을 깨달았다. 빈소를 나온 그는 여동생에게 전화를 걸었다. 전화를 받지 않았다. 한동안 복도를 서성거리던 그는 원무실을 찾아갔다. 조끼를 단정하게 입은 젊은 직원이 무슨 일로 왔냐고 물었다. 그는 자초지종을 설명했다. 컴퓨터를 조회한 직원이 의아한 표정을 지었다.
"홍광자 씨와 어떤 관계입니까?"
"제 어머니입니다."
"홍광자 씨는 어제 아침에 출상했습니다."
그는 다급하게 되물었다.
"오늘이 며칠입니까?"

"14일입니다."

그는 혼란스러웠다. 머릿속에서 하루치의 기억이 통째 사라진 것이다. 지나치던 트럭을 얻어 타고 저수동을 빠져나온 그는 고속버스 터미널로 가서 고향으로 가는 버스를 탔다. 그리고 버스 뒷자리에서 종잇장처럼 구겨져서 깊이 잠들었다. 그런데 눈을 뜨니 하루가 사라진 것이다.

병원을 나온 그는 택시를 타고 여동생의 아파트로 갔다. 초인종을 누르자 낯선 여자가 문을 열었다. 2년 전에 이사 온 여자는 전 주인에 관해선 알지 못한다며 문을 닫았다. 그는 다시 여동생에게 전화를 걸었지만, 받지 않았다. 이번에는 몇 명 없는 친지들에게 전화를 걸었다. 그들 역시 약속이라도 한 듯 전화를 받지 않았다. 머릿속이 안개가 낀 것처럼 흐릿했다.

그는 다시 병원 장례식장으로 돌아갔다. 휴게실에서 담배를 피우며 생각에 잠겨 있을 때 문상객을 맞이하던 상주가 들어왔다. 굴건제복을 입은 상주가 버지니아 슬림 한 개비를 꺼내 물고 그를 쳐다보았다.

"불 좀 빌릴 수 있을까요?"

그는 지포 라이터를 꺼내 불을 붙여주었다. 폐 깊숙이 집어넣은 연기를 길게 뿜어낸 상주가 그를 쳐다보며 말했다.

"이 병원 말입니다."

"예?"

162

"커피 맛이 이상합니다."

"뭐가 이상합니까?"

"자판기 커피를 마셨는데 이틀 동안 잠이 오질 않아요. 이 상한 거 아닙니까?"

"글쎄요."

상주는 머리에 쓴 굴건을 벗어 무릎에 탁탁 내리쳤다. 그런 다음 빈자리에 올려놓고 헝클어진 머리를 손으로 쓰다듬었다.

"요즘 이상한 소문이 돌고 있어요."

"무슨 소문입니까?"

"어떤 놈들이 자판기 커피에 약을 탄다는 겁니다."

"무슨 약입니까?"

"각성제 같은 거라고 합니다."

"왜 그런 짓을 하는 겁니까?"

"경찰이 자판기 업자 두 명을 체포했는데 곧 풀려났어요. 그들이 아니라 다른 놈들이 자판기를 열고 커피에 이상한 약 을 집어넣은 겁니다."

"이해할 수 없군요."

"이 도시 사람들을 각성제에 중독시키려는 겁니다."

"그렇게 해서 얻는 이익이 뭡니까?"

"분명 이유가 있을 겁니다."

상주가 그 옆으로 자리를 옮겨 앉았다.

"파미온이란 회사를 아십니까?"

"잘 모릅니다."

"그 회사 주식을 사십시오."

"왜죠?"

"한 달 뒤에 그 회사가 신기술을 발표합니다. 그러면 주가
가 최소한 열 배가 뛸 겁니다. 이건 아무에게나 알려주는 정보
가 아닙니다."

그는 주식에 관해선 아무것도 알지 못했다. 상주가 그의 팔
을 덥석 붙잡고 소리쳤다.

"그 주식을 사면 당신의 인생이 달라집니다."

"생각해보겠습니다."

"반드시 사야 합니다."

"알겠습니다."

"우리 어머니를 아십니까?"

"모릅니다."

"그런데 어떻게 찾아오셨습니까?"

그는 지난 이틀 동안에 일어난 일을 자세히 설명했다.

"그런 일이 있었군요."

상주가 천천히 고개를 끄덕거렸다.

"솔직히 어떻게 해야 할지 모르겠습니다."

"어머니가 어디에 묻혀 있는지 모르는군요."

"그렇습니다."

상주는 의자에 올려놓은 굴건을 집어 머리에 썼다. 그러고는 신중한 표정으로 그를 쳐다보며 말했다.

"그래도 멀리까지 오셨는데 대신 우리 어머니에게라도 절하는 건 어떻습니까?"

"그래도 될까요?"

"뭐 지금쯤 두 분이 손잡고 노닐고 있을 테니 괜찮을 겁니다."

두 사람은 휴게실을 나와 빈소로 들어갔다. 상주가 자기 자리에 앉았다. 그가 주춤주춤 빈소로 들어가자 줄지어 앉아 있던 상주들이 곡을 하기 시작했다.

그는 영정 앞에 섰다. 자신의 어머니와 똑같은 머리 스타일을 한 여자가 희미하게 웃고 있었다. 그는 영정을 향해 절을 했다. 두 번째 절을 하려고 몸을 숙이는데 콧날이 시큰했다. 머리가 바닥에 닿는 순간 눈물이 터졌다. 슬픔이 해일처럼 몰려왔다. 그는 어깨를 들썩거리며 울기 시작했다. 예기치 못한 상황에 당황한 상주가 다가와서 어깨를 안았다. 울음을 멈춰야 한다고 생각했는데 몸이 말을 듣지 않았다. 그의 통곡에 술추렴을 벌이던 사람들이 빈소로 몰려왔다. 그때 그를 잡고 있던 상주가 울음을 터뜨렸다. 서로를 부둥켜안은 두 사람은 온몸을 흔들며 오열했다. 이 광경을 지켜본 다른 상주들의 표정이 일그러졌다. 그들은 동시에 온몸을 들썩거리며 통곡했다. 곧이어 이들을 지켜보던 사람들이 눈물을 흘렸다. 그가 빈소를 빠져나올 때까지 한 덩어리로 뒤엉킨 사람들은 실성한 사람처럼 울고 또 울었다.

그는 구덩이로 들어갔다. 긴장감이 감돌았다. 이제부터의 삽질은 신중해야 했다. 아무 생각 없이 구덩이를 팔 수 없었다. 그는 먼저 중심부 외곽을 파기로 마음먹었다. 공간을 충분히 확보한 다음 중심부를 팔 생각이었다. 땅속에 삽을 밀어 넣고 온몸의 힘을 실어 밟았다. 땅속 깊이 박힌 삽을 퍼내자 시커먼 흙이 나왔다. 신선한 흙냄새가 코를 찔렀다. 지상의 모든 생명을 거두고 새로운 생명을 잉태하는 근원의 냄새였다. 그는 한 삽, 한 삽 세심하게 주의를 기울여서 구덩이를 파기 시작했다. 굵은 땀방울이 뚝뚝 떨어졌다. 팔목이 시큰거렸지만, 삽질을 멈추지 않았다. 한 시간쯤 지나자 삽을 잡은 손이 부들부들 떨렸다. 그제야 삽질을 멈추고 구덩이 밖으로 나갔다.

흙더미 위로 올라가서 구덩이를 들여다보았다. 구덩이는 한 사람이 누울 정도로 넓고 깊었다. 입이 천천히 벌어졌다. 그리고 참으로 오랜만에 웃음이 흘러나왔다. 웃음소리가 뜨거운 납덩이처럼 구덩이로 후드득 떨어져 내렸다. 담배 생각이 났다. 담배 연기를 몸속 깊이 집어넣은 다음 청명한 의식으로 구덩이 중심부를 파면 더할 나위가 없을 것 같았다. 그때 가까운 곳에서 둔탁한 소리가 들려왔다. 땅을 내리찍는 곡괭이 소리였다.

그는 벌떡 일어났다. 자신의 이름이 적힌 삽을 흙더미에 꽂고는 곡괭이 소리가 들려오는 곳을 향해 걸어갔다. 곡괭이 소리가 점점 가까워졌다. 곡괭이가 땅을 내리칠 때마다 옥수수가 사시나무처럼 몸을 떨었다. 500미터 정도 떨어진 곳에서 웃통을 벗은 한 사내가 곡괭이로 구덩이를 파고 있었다. 이제 막 구덩이를 파기 시작한 사내의 동작은 군더더기가 없었다. 그가 헛기침하자 사내가 흘긋 돌아봤다.

"굉장히 멋진 곡괭이군요."

"그렇게 보이시오?"

사내가 곡괭이를 내려놓고 이마에 흐르는 땀을 닦았다.

"한번 만져봐도 되겠습니까?"

"그러시오."

사내가 흔쾌히 허락했다. 곡괭이를 넘겨받아 만져본 그는 흠칫 놀랐다.

"물푸레나무도 아니고 탱자나무도 아니군요."

"주목으로 만들었습니다."

"천 년을 간다는 그 나무 아닙니까?"

"맞습니다."

손잡이에 얇은 가죽을 감은 곡괭이 날은 철물점에서 파는 일반 금속이 아니었다.

"이런 날은 처음 봅니다."

"특수 합금을 섞어서 만들었습니다."

그는 진심으로 탄복했다. 사내가 흐뭇한 표정으로 고개를
끄덕거렸다.

"그것을 찾는데 이 정도 노력은 해야 하지 않겠습니까?"

"옳은 말씀입니다. 한번 휘둘러봐도 되겠습니까?"

"그렇게 하십시오."

그는 심호흡하고 곡괭이 자루를 움켜잡았다. 강한 힘이 느
껴졌다. 한껏 치켜든 곡괭이로 땅을 내리쪽었다. 쿵 하는 소리
가 몸을 울렸다. 손잡이를 당기자 굵은 흙덩어리가 뒤집혔다.
수만 볼트 전류에 감전된 듯 짜릿했다.

사내가 다가와서 팔을 잡았다. 아쉬움이 가득한 표정으로
곡괭이를 넘겨준 그는 입맛을 다시면서 사내에게 부탁했다.

"담배 한 개비만 얻을 수 있을까요?"

"그럽시다."

사내가 담뱃갑을 꺼내 한 개비 입에 물고 그에게도 주었다.
머리를 맞대고 라이터를 켜자 발기한 성기처럼 우람한 사내의
코가 드러났다. 우뚝 솟은 코를 보는 순간 눈먼 여자가 운영하
는 술집이 떠올랐다.

황무지를 잠식한 옥수수가 달콤한 냄새를 풍길 무렵 동네

입구에 작은 술집이 문을 열었다. 주인은 눈먼 여자였다. 늘 녹색 옷을 입고 있었는데 나이를 짐작할 수 없었다. 어떤 사람은 서른 정도라고 했고 또 다른 사람은 예순이 넘었다고 주장했다. 누구의 말이 맞는지 확인할 방법이 없었다. 초저녁에 문을 열고 새벽 늦게 문을 닫는 술집은 손님이 없었다. 이따금 호기심 넘치는 사람들이 찾아왔지만, 기괴한 분위기를 견디지 못하고 도망치듯 서둘러 돌아갔다.

손님이 있건 없건 술집은 늘 문을 열었다. 그날 그는 처음 술집을 찾아갔다. 가출한 딸을 찾아서 온종일 낯선 거리를 헤매고 돌아다니다 집으로 돌아가는 길이었다. 손님은 아무도 없었다. 테이블은 말발굽 형태의 바가 전부였다. 주인 여자를 본 그는 깜짝 놀랐다. 두 눈이 있어야 할 자리가 움푹 꺼져 있었다. 그냥 눈이 먼 게 아니라 눈동자가 아예 없었다. 그는 잠시 망설였지만, 손가락 하나 움직일 힘이 없었기에 그냥 자리에 앉았다. 녹색 옷의 단추를 목까지 채운 여자가 그를 쳐다보며 물었다.

"무얼 드릴까요?"

그는 벽에 걸린 메뉴판에서 돼지고기 숙주나물 볶음을 골랐다. 냉장고에서 재료를 하나둘 꺼낸 여자는 먼저 양파를 채 썰고 대파를 어슷하게 썰었다. 그리고 얇게 썬 돼지고기에 후추를 뿌려 버무린 다음 프라이팬에 올렸다. 돼지고기가 익어 가자 다진 마늘과 대파와 양파를 넣고 볶다가 미리 준비한 소스를 넣고 섞은 다음에 불을 껐다. 기계처럼 정확한 동작이었다.

그는 소주를 마시고 돼지고기와 숙주나물을 입에 넣었다. 맛이 있었다. 가출한 딸을 잊을 만큼 뛰어난 맛이었다. 그는 묵묵히 술을 마시기 시작했다. 머릿속에서 잘한 것과 잘못한 게 뒤섞여서 한 덩어리가 되었다. 다시 걸러내자 하나가 남았는데 그게 뭔지 알 수 없었다.

소주병이 비어 갈 무렵 출입문이 덜컹 열리면서 한 사내가 들어섰다. 어깨가 떡 벌어진 사내는 바에 앉아서 소주와 어묵탕을 주문했다. 여자는 펄펄 끓고 있는 냄비에서 어묵을 덜어 사내 앞에 내놓았다. 사내는 소주를 입에 털어 넣은 다음 어묵을 와작와작 씹었다. 두 사람은 묵묵히 술을 마셨고 눈먼 여자는 날이 시퍼런 칼로 양파를 썰었다. 뭔가 끓고 있는 냄비가 들썩거릴 때마다 여자는 칼을 내려놓고 찬물을 살짝 부었다. 그러면 냄비는 젖을 충분히 먹은 갓난아이처럼 조용해졌다.

여자는 다시 칼을 들고 양파를 썰었다. 탁탁탁, 칼날이 양파를 절단하는 소리가 좁은 술집을 울렸다. 칼날이 점점 빨라졌다. 시퍼런 칼날이 여자의 왼손을 아슬아슬하게 비껴 갈 때마다 심장이 펄떡거렸다. 미끄러진 칼날이 여자의 손가락을 내리치는 순간 사내가 비명을 지르며 벌떡 일어났다. 눈먼 여자가 칼을 거두고 사내를 돌아보며 물었다.

"손님, 뭐가 필요하세요?"

"술, 술을 주시오."

눈먼 여자가 돌아서서 냉장고를 열어 소주병을 꺼냈다. 그리고 돌아서서 사내 앞에 정확하게 소주병을 내려놓았다. 소주병이 딸칵 열리는 소리를 들은 뒤에 여자는 식칼을 집어 남은 양파를 자르기 시작했다.

큰 소쿠리에 담긴 양파가 바닥을 드러낼 무렵 돌연 사내가 울기 시작했다. 가볍게 흐느끼던 사내는 어깨를 들썩거리며 오열하기 시작했다. 단순한 슬픔이 아니었다. 오랫동안 몸에 쌓인 고통의 산물이었다. 사내는 급기야 바 상판에 머리를 쾅쾅 내리치며 울었다. 술병이 흔들렸다. 그는 알 수 없는 절망에 빠져 울고 있는 사내를 바라보며 소주를 마시고 차갑게 식은 돼지고기와 숙주나물을 입에 욱여넣고 질경질경 씹었다.

그때 식칼을 내려놓은 여자가 쪽문을 열고 밖으로 나왔다. 사내에게 다가간 눈먼 여자가 난데없이 뺨을 후려쳤다. 사내가 뒤로 벌렁 넘어졌다. 여자는 한 손으로 넘어진 사내의 멱살을 움켜잡고 뺨을 계속 내리쳤다. 철썩거리는 소리가 술집을 울렸다. 사내의 오른쪽 뺨이 벌겋게 부풀어 올랐다. 그 모습을 본 그는 몸을 떨었다.

이윽고 눈먼 여자가 손을 멈추고 돌아섰다. 쪽문 옆 작은 문을 열고 뭔가를 꺼냈다. 삽이었다. 한 번도 사용하지 않은 새

삽이었다. 여자가 건넨 삽을 받아든 사내의 얼굴에 미소가 떠올랐다. 술값을 바에 올려놓은 사내는 삽을 들고 세상 전부를 얻은 표정으로 술집을 나갔다.

그날 밤 그는 쉬이 잠들지 못했다. 옥수수가 가득한 빈방을 돌아보다 술이 깨버린 것이다. 집 안의 모든 창문을 활짝 열고 침대에 누웠다. '인과 관계'란 단어가 떠올랐다. 그는 늘 세상 모든 일이 인과 관계로 이루어진다고 믿었다. 황무지에 까마귀 떼가 날아온 것과 옥수수가 황무지를 뒤덮은 것도 나름의 이유가 있다고 생각했다. 다만 우둔한 자들이 그 까닭을 알지 못할 뿐이었다. 그런데 옥수수가 황무지를 잠식한 뒤에 자신에게 일어난 일은 이해할 수 없었다. 아무리 생각해도 그 모든 일의 인과 관계를 알 수 없었다. 어디선가 흥얼거리는 소리가 들려왔다. 그는 일어나서 골목으로 난 창문을 내다보았다. 한 사내가 콧노래를 부르며 골목길을 걸어오고 있었다. 가로등 불빛이 어깨에 삽을 걸친 사내의 얼굴을 비추었다. 눈먼 여자에게 뺨을 얻어맞고 삽을 받아간 코 큰 사내였다.

그의 집을 지나친 사내가 황무지 입구에 다다랐다. 무성한 옥수수를 쳐다본 사내가 히죽 웃더니 삽으로 옥수수를 밀어내며 안으로 들어갔다.

코 큰 사내의 묵직한 목소리가 그의 상념을 깼다.

"오늘 성과는 좀 있으셨소?"

"뭐라고 하셨습니까?"

"구덩이에서 뭐가 좀 나왔냐고 물었소."

그는 담배 연기를 길게 뿜어낸 다음 오늘 일어난 신비로운 현상을 상세하게 말했다. 그의 말이 끝나자 코 큰 사내가 진지한 눈빛으로 말을 이었다.

"중요한 건 진실이오. 진실하지 못하면 서로 연결될 수 없소. 연결되지 못하면 당신이 원하는 걸 얻을 수 없을 거요."

"연결이라고요?"

"반드시 내 말을 명심하시오."

"그게 무슨 뜻입니까?"

그의 질문을 무시한 사내는 곡괭이를 들고 근엄한 표정으로 땅을 내리찍었다. 한참 동안 사내를 지켜보던 그는 천천히 돌아섰다. 자신의 구덩이를 향해 돌아가면서 진실과 연결을 생각했다. 하지만 뭐가 진실인지 무엇을 연결하는 건지 알 수 없었다.

구덩이에 도착했다. 높이 쌓인 흙더미에 자신의 이니셜이 적힌 삽이 표석처럼 꽂혀 있었다. 그는 삽을 빼 들고 구덩이로 들어갔다. 달빛이 출렁거리며 몸을 휘감았다. 구덩이 중심의 그것을 향해 삽을 밀어 넣었다. 그리고 조심스럽게 흙을 퍼내기 시작했다. 무리하지 않았고 욕심을 부리지 않았다. 그는 평생을 늘 그렇게 살았다. 그런데도 자신에게 닥쳐오는 일들을 예상하지 못했다. 조금씩 흙을 퍼내자 구덩이 중심부가 점차 드러났다. 그는 신중하게 그것을 향해 삽을 밀어 넣었다. 순간 삽 끝에 단단한 게 닿았다. 삽을 빼낸 다음 무릎을 꿇고 흙 속으로 손을 집어넣었다. 딱딱하고 차가운 게 손에 잡혔다. 끄집어내서 보니 자기 조각이었다. 그는 믿을 수 없다는 눈빛으로 자기 조각을 뚫어지게 들여다보았다. 그는 다시 구덩이 중심부를 헤집기 시작했다. 깨진 자기 조각이 계속 나왔다. 그게 전부였다. 구덩이 중심에는 자기 조각만 있었다. 손이 아팠고 어깨가 욱신거렸다.

그는 벌렁 드러누웠다. 그 느낌은 거짓이었다. 진실이라고 믿은 건 거짓이었다. 처음부터 구덩이에는 아무것도 없었다. 아니 있었는데 코 큰 사내를 만나고 온 사이에 다른 곳으로 가버렸다. 자신을 기다려주지 않은 것이다. 돌이켜보면 늘 그랬다. 지금껏 모든 일이 전부 그런 식이었다. 실핏줄이 선명하게 드러난 달이 눈앞에 있었다. 구덩이는 편안했다. 어머니 배 속처럼 안락했다. 바람에 흔들리는 옥수수가 파도 소리처럼 쏴아 쏴아 흔들렸다. 어디선가 쿵 소리가 났다. 누군가 구덩이를 파는 소리였다. 헛된 기대와 희망을 품은 소리가 광활한 옥수수밭을 흔들고 있었다. 그는 눈을 감았다. 옥수수가 바람에 흔들리는 소리와 구덩이 파는 소리를 들으며 천천히 잠이 들었다.

조니워커 블루

LIFE
GUARD

뱃전에서 내려다본 바다는 딱딱한 콘크리트 덩어리였다. 풀쩍 뛰어내려 내달리면 단숨에 수평선에 도달할 수 있을 것 같았다. 김해공항에서 비행기를 타면 40분 만에 제주에 도착할 수 있었다. 그런데 부산항을 출발한 배는 내일 아침이 되어서야 제주항에 들어설 예정이었다. 현기는 밤새 흔들리는 배를 타고 바다를 건너야 하는 사실이 마음에 들지 않았다.

은빛 수평선을 노려보던 그는 침을 뱉고 휴게실로 들어갔다. 매점 여직원의 눈두덩이 통통 부어 있었다. 실연 통보를 받았거나 가까운 누군가 죽은 것 같았다. 캔 맥주를 내주는 여직원의 느린 손길이 답답했지만 애써 눌러 삼켰다. 첫 한 모금은 목구멍을 꿰뚫는 듯 청량감이 강했다. 그러나 그 뒤의 맛은 염소 오줌처럼 밍밍했다. 위스키가 생각났다. 목구멍에 들러붙은 모든 찌꺼기를 깨끗하게 쓸어내리는 조니워커 블루가 간절했다.

그날 밤, 현기는 친구들과 함께 국제시장 깡통 골목에 있는 한 가게에 창문을 뜯어내고 들어갔다. 좁은 가게 선반과 매대에 처음 보는 물건이 산더미처럼 쌓여 있었다. 세 사람은 닥치는 대로 물건을 배낭에 쓸어 담았다. 경비원의 눈을 피해 시장을 빠져나온 그들은 황령산으로 올라갔다. 정상에 도착해서 배낭을 열었다. 살점이 두툼한 육포, 슬라이스 치즈, 버지니아 슬림, 올리브, 조니워커 블루 두 병이 쏟아져 나왔다. 세 사람은 야경을 내려다보면서 조니워커 블루를 마시고 미국산 육포를 질겅질겅 씹고 버지니아 슬림 연기를 흩날렸다.

조니워커 블루는 자갈치 시장 붕장어 집에서 마시는 소주와 달랐고 중국음식점의 싸구려 고량주와도 달랐다. 심지어 선배들의 술자리에 끼어 얻어 마신 국산 양주와도 비교할 수 없는 맛이었다. 광안리 바다를 내려다보며 마신 조니워커 블루의 맛은 화인처럼 머릿속에 새겨졌다. 동시에 현기는 토피, 셰리, 스파이시, 몰트, 스모키향이 어우러진 조니워커 블루를 향유하는 삶을 향해 폭주 기관차처럼 질주했다. 그로부터

20년이 지났지만 현기는 자신의 삶을 후회하지 않았다. 조금 늦고 조금 빠르다는 차이가 있을 뿐 모두 같은 목적지에 도달했기 때문이었다.

우그러뜨린 캔을 쓰레기통에 넣고 돌아서다 한 여자아이와 부딪혔다. 찰랑거리는 머리에 분홍색 핀을 꽂은 아이가 인상을 찡그렸다. 현기는 당혹스러운 눈빛으로 아이를 내려다보았다. 무슨 말을 해야 할지 알 수 없었던 현기는 슬쩍 아이를 돌아서 선실로 들어갔다. 불을 끄고 침대에 누웠는데 잠이 오질 않았다. 뜨거운 피는 새벽이 되어서야 간신히 가라앉았다.

꿈속에 낯선 사내들이 나타나서 회칼을 휘둘렀다. 팔이 싹둑 잘렸고 다리가 댕강댕강 잘려 나갔다. 몸통만 남은 현기는 힘껏 비명을 질렀다. 그런데 말이 나오질 않았다. 잘린 혓바닥이 마룻바닥 위에서 꿈틀거리고 있었다. 밤새 낯선 사내들에게 시달리던 현기는 배가 제주항에 들어설 즈음 눈을 떴다. 화장실에서 대충 얼굴을 씻은 후 묵직한 가방을 챙겨 들고 선실을 나섰다. 승선할 때와 달리 하선에는 신분증을 확인하지 않았다.

육지에 내려서는 순간 김 목사의 얼굴이 떠올랐다. 다른 사람은 몰라도 김 목사라면 자신이 다른 사람 신분증으로 제주행 배를 탔다는 사실을 알아차릴지 모른다는 생각이 들었다.

하지만 김 목사는 한국에 없었다. 김 목사의 행방에 관한 소문은 무성했다. 누군가의 의뢰를 받아 호치민의 브이비엔 거리를 헤집고 돌아다닌다는 목격담도 있었고 얼굴이 새카만 말레이시아 처녀와 동거한다는 소문도 있었다. 여객선 터미널을 나온 현기는 택시를 탔다. 열린 차창으로 남국의 따스한 공기가 밀려들었다. 지난밤 낯선 사내들에게 시달리던 고통스러운 기억이 나른한 공기에 섞여 사라졌다. 현기는 시트 깊숙이 머리를 묻고 그땐 그때고 지금은 지금이라고 중얼거렸다.

호텔에 도착해서 키를 받아 객실로 올라갔다. 가방을 침대 밑에 밀어 넣고 욕실로 들어갔다. 뜨거운 물줄기를 맞자 몸이 흐물흐물 녹아내렸다. 잠시 욕실을 나온 현기는 암막 커튼을 단단히 여미고 침대 속으로 들어갔다.

정오 무렵 눈을 떴다. 몸이 날아갈 듯 가벼웠다. 호텔을 나와 주변을 한 바퀴 돌면서 만일의 사태를 대비해서 퇴로를 확인했다. 그런 다음 근처 식당으로 들어가서 늦은 아침을 먹었다. 식당 곳곳에서 낯선 언어가 들려왔다. 식사를 끝낸 현기는 호텔 방으로 돌아와서 속옷 차림으로 텔레비전을 켰다. 바닷속이 나타났다. 제주 앞바다를 탐색하는 다큐멘터리가 방영되고 있었다. 푸른빛 바닷속에는 크고 작은 물고기가 가득했다. 굵은 저음의 내레이션이 이어졌지만 무슨 말인지 이해할 수 없었다. 하지만 채널을 돌리진 않았다. 검은 바위에 들러붙은 불가사리와 조개, 흐느적거리듯 흔들리는 우뭇가사리와 톳을 뚫어지게 바라보았다. 바닷속 탐색이 끝나자 이번에는 높은 산들이 나타났다. 높은 곳에서 내려다본 산들의 뾰족한 꼭대기에 눈이 쌓여 있었다. 서너 개의 다큐멘터리가 끝나자 배가 출출했다. 암막 커튼을 열자 네온사인이 번쩍거렸다. 옷을 입고 호텔을 나선 현기는 이제 막 영업을 시작한 유흥가로 들어갔다.

낮과 밤의 세계는 달랐다. 한낮의 규칙과 질서에 순응하던 사람들은 어둠이 내리면 돌변했다. 성난 짐승처럼 으르렁거리며 밤거리를 휘젓던 그들은 날이 밝아올 무렵에야 정신을 찾았다. 그리고 지난밤의 말과 행동을 부끄러워하며 길들인 고양이로 돌아갔다. 현기는 가식과 위선의 가면을 벗어던진 사람들 사이를 거닐자 마음이 편해졌다. 한낮 동안 느리게 흐르던 피의 흐름이 빨라졌다. 비로소 살아 있다는 느낌이 들었다.

이 골목 저 골목 기웃거리다 보니 어느새 유흥가 끝이었다. 현기는 계속 걸어갔다. 드문드문 보이던 술집이 사라지고 주택가가 나타났다. 골목 곳곳에 어둠의 기척이 느껴졌다. 긴 골목을 벗어나는 순간 바닷바람이 얼굴을 할퀴듯 후려쳤다. 해안도로 건너는 어두운 바다였다. 해안도로가 솟아오른 언덕에 낡은 단층 건물 한 채가 서 있었다. 세로로 걸린 간판 불빛이 등댓불처럼 깜빡거렸다. 바를 확인한 현기는 도로를 가로질렀다. 바람은 선선하고 바다는 잔잔했다. 가게 앞 공터에 녹슨 자전거 한 대가 세워져 있었다. 문틈으로 흘러나온 쳇 베이커의 트럼펫 선율이 발목을 감았다. 일자형의 바와 테이블에 드문드문 손님들이 앉아 있었다. 바다 쪽으로 난 통창으로 수평선이 보였다. 현기는 화장실과 비상구를 확인한 다음에 스툴에 앉았다. 유리 진열장에 수십 개의 위스키병이 나란히 놓여 있었다. 바 상판 아래에 보드카와 바카디, 드라이진과 데킬라 병머리가 튀어나와 있었다.

바텐더가 메뉴판을 내밀었다. 현기는 메뉴판을 밀어내며 조니워커 블루를 주문했다. 잠시 후 바텐더가 푸른색 라벨이 삐딱하게 붙어 있는 위스키와 미국산 육포를 가져왔다. 뚜껑을 열자 위스키 향이 코를 자극했다. 현기는 연한 갈색의 위스키를 술잔 가득 부어 단숨에 마셨다. 혀를 휘감은 뜨거운 감각이 목을 타고 내려가서 온몸으로 퍼져 나갔다. 악마의 달콤한 속삭임 같은 맛이었다. 수많은 인간의 영혼을 타락시킬 강렬한 맛이었다. 현기는 북북 찢은 육포를 입에 넣고 질겅질겅 씹었다. 두툼한 살에서 흘러나온 육즙이 위스키 잔향을 천천히 밀어냈다. 문득 호텔 방 침대 밑에 있는 현금 가방이 떠올랐다. 그 돈이면 이 술을 몇 병이나 마실 수 있을까. 현기는 쓴웃음을 지으며 고개를 절레절레 흔들었다. 연거푸 석 잔을 마신 뒤에 홀을 돌아보았다. 내일의 시간이 보장된 사람들이 웃고 떠들며 술을 마시고 있었다. 그런데 이 술집에서 가장 비싼 술을 마시는 자신은 내일을 확신할 수 없었다. 현기는 위스키를 찍은 검지로 바 상판에 알파벳을 썼다. A와 B를 잇고 C와 D를 이었다. 그런 다음 A와 C를, B와 D를 이었다. 다음이 생각나지 않았다. 도무지 풀 길이 없는 난해한 기호를 들여다보던 현기는 손으로 문질러 지웠다. 목덜미에 끈적끈적하게 들러붙는 재즈 선율을 느끼면서 계속 조니워커 블루를 마셨다.

다음 날 오후 현기는 빌린 승용차를 몰고 해안선을 달렸다. 굽이치는 해안선을 따라 풍력 발전기가 성벽처럼 우뚝 서 있었다. 그 사이로 투명한 햇살을 품은 검푸른 바다가 넘실거렸다. 머릿속이 텅 빈 것 같았다. 그저 보고 느낄 뿐 아무런 생각이 없었다. 동쪽으로 나아갈수록 빛은 두터워지고 바람은 약해졌다. 현기는 그 감각에 오류가 있다고 생각했다. 하지만 찬란하고 아름다운 봄날만은 분명했다.

용머리 해안에서 차를 세우고 키 낮은 풀들이 가득한 해안을 거닐었다. 혼자서 오랫동안 걸어본 적은 처음이었다. 두 번째 차를 멈춘 곳은 광치기해변이었다. 해안 둔덕에 올라서자 해안선이 한껏 당긴 활의 시위처럼 펼쳐져 있었다. 초지 사잇길을 나아가자 검은 모래사장이 나타났다. 현기는 신발을 벗어 들고 모래밭에 들어섰다. 발이 푹푹 빠졌다. 검은 모래가 발가락 사이를 비집고 올라왔다. 검은빛 바위가 해안 곳곳에 갈기처럼 박혀 있었다. 바닷물에 손을 담갔다. 손목을 타고 올라온 서늘한 기운이 머릿속을 흔들었다. 먼바다에서 밀려온 파도가 부드럽게 발목을 휘감았다. 현기는 눈을 가늘게 뜨고 바다를 향해 튀어나온 일출봉을 바라보았다. 하늘과 곶과 바다가 한 몸처럼 뒤엉켜 있었다. 모래밭에 주저앉자 수평선이 쑤욱 가라앉았다. 현기는 파도가 물러난 자리에 남은 상흔을 바라보며 그땐 그때고 지금은 지금이라고 중얼거렸다.

저 멀리 섭지코지에서 한 여자가 나타났다. 고개 숙인 여자의 치맛자락이 범선의 돛대처럼 펄럭거렸다. 이윽고 현기 앞에 도착한 여자가 걸음을 멈추었다. 굽이 뾰족한 구두를 손에 든 여자가 말했다.

"불 좀 빌려주세요."

현기는 주머니에서 꺼낸 라이터를 내밀었다. 라이터를 건네받은 여자는 구두를 내려놓고 핸드백에서 담배를 꺼내 불을 붙였다. 그런 다음 라이터를 돌려주고 바다를 향해 돌아섰다. 전갈의 꼬리처럼 흔들거리는 여자의 그림자를 바라보던 현기는 일어나서 옷에 묻은 모래를 털어냈다. 여자는 현기가 모래사장을 빠져나와 둔덕에 올라설 때까지 담배 연기를 뿜어내고 있었다. 둔덕을 내려가서 차 문을 여는 순간 현기는 자신이 독안에 든 쥐라는 사실을 깨달았다.

그날 밤 해변의 바는 빈자리 없이 북적거렸다. 현기는 간신히 스툴에 앉아서 어제 맡긴 술을 달라고 했다. 바텐더가 반병 정도 남은 조니워커와 육포를 가져왔다. 현기는 늘 그랬듯이 위스키를 마시고 육포를 찢어 질겅질겅 씹어 삼켰다. 위스키가 들어가자 무겁게 가라앉은 몸이 서서히 되살아났다. 현기는 흐릿한 눈길로 홀을 돌아보았다. 촉수 낮은 불빛 아래 머리를 맞댄 사람들이 웃고 떠들고 있었다. 그들은 한 사람도 빠짐없이 즐거웠다. 가벼운 농담에 배를 잡고 웃었고 틈만 나면 서로를 끌어안았다. 하지만 가식과 위선이 술집 구석에서 그들의 행동을 낱낱이 지켜보고 있었다.

옆자리 여자의 얼굴이 낯익었다. 제주에 아는 사람이 있었던가. 검은빛 술이 담긴 칵테일 잔을 두고 깊은 상념에 잠겨 있던 여자가 고개를 돌렸다. 현기는 광치기해변에서 라이터를 빌린 여자를 향해 가볍게 고개를 끄덕거렸다.

"그건 무슨 술인가요?"

"블랙 러시안요."

"처음 듣는 이름이군요."

여자가 현기의 앞에 놓인 술병을 흘긋 쳐다보았다.

"어떤 맛인가요?"

"달콤함에 지독한 맛이 숨어 있어요."

"위스키 한 잔 드릴까요?"

여자가 고개를 젓고는 되물었다.

"여행 오셨나요?"

"그런 셈이죠."

"혼자서요?"

"그렇게 되었습니다. 당신은요?"

"제주에 온 지 2년 되었어요."

"어떤 일을 하시나요?"

"여행사에서 일했는데 지금은 잠시 쉬고 있어요."

"제주는 사는 게 어떻습니까?"

"육지와 똑같아요."

여자의 눈을 쳐다보며 고개를 끄덕거리던 현기가 물었다.

"한 사람을 하루에 두 번 만나는 일이 흔한가요?"

"여기선 대여섯 번도 만날 수 있어요."

"어째서죠?"

"모두 비슷한 코스로 관광지를 돌기 때문이죠."

천장 구석에 숨은 스피커에서 흘러나온 끈적끈적한 선율이 사람들의 말이 끊어질 때마다 아교처럼 공백을 메웠다. 손님들이 계속 바뀌었지만, 그들이 주고받는 이야기는 같았다. 여자가 블랙 러시안을 한 잔 더 주문했다. 칵테일은 간단했다. 얼

음이 담긴 술잔에 적당량의 보드카와 깔루아를 넣어 섞으면
그만이었다. 검은빛 칵테일을 한 모금 마신 여자가 현기를 돌
아보았다.

"내일 뭐 하세요?"

"아무것도 하지 않습니다."

"고사리 따러 가실래요?"

"산나물, 그런 거 말입니까?"

"맞아요."

현기는 잠시 생각한 다음 고개를 끄덕거렸다. 주체할 수 없
는 시간을 보낼 수만 있다면 뭐든지 할 수 있었다. 그보다 혼
자 있는 시간이 지루하기 짝이 없었다. 지금껏 옆에 늘 누군가
있었다. 남자든 여자든 현기가 혼자 있는 걸 내버려 두지 않았
다. 그런데 지금은 아무도 없었다.

다음 날 오후, 두 사람이 탄 차는 한라산 중산간을 향해 달
려갔다. 사위에서 따스한 바람이 불어왔다. 샛노란 유채밭에
나비들이 떼를 지어 춤을 추었다. 여자는 갈림길이 나타날 때
마다 손으로 방향을 가리켰다. 중산간에 올라서자 도로가 한
산해졌다. 하늘을 찌를 듯 양편으로 늘어선 삼나무 숲 입구에
서 여자가 차를 멈춰 세웠다. 차에서 내린 여자가 장갑 한 켤
레와 검은 비닐봉지를 건네주었다. 현기는 빨간색 목장갑을

끼고 검은색 비닐봉지를 들었다. 여자가 앞장서서 삼나무 숲
으로 들어갔다. 양치류가 무성했다. 빽빽하게 늘어선 삼나무
사이에 겨울의 그림자가 어른거렸다. 여자의 운동화가 하얗게
빛났다. 밀화부리 한 마리가 날아와서 나뭇가지에 내려앉았
다. 머리와 날개와 꼬리가 검은 수컷이었다. 새는 적요의 한가
운데 있는 두 사람을 뚫어지게 내려다보았다. 삼나무 숲을 통
과하자 드넓은 개활지가 나타났다. 개활지 너머에 더 높고 더
우거진 숲이 있었다. 개활지에는 무릎 높이의 양치류가 군락
을 이루고 있었다. 개활지까지 오는 동안 침묵을 지키던 여자
가 물었다.

"고사리를 어떻게 채취하는지 아세요?"

"아니요."

여자가 시범을 보이듯 고사리 중간 부분을 꺾어 비닐봉지
에 넣었다.

"왜 그렇게 하는 겁니까?"

"그래야 다시 자라나요."

현기는 허리를 숙이고 고사리를 가볍게 꺾었다. 고사리가
속이 빈 나뭇가지처럼 톡 잘렸다. 허리를 편 현기가 여자를 쳐
다보며 말했다.

"시장에서 사 먹는 게 낫지 않을까요?"

"먹으려고 채취하는 게 아니에요."

"그럼 왜 채취하는 겁니까?"

"머릿속 잡념을 잊기 위해서예요."

여자의 눈에서 기시감이 느껴졌다. 하지만 어떤 기억인지 생각나지 않았다. 돌아선 여자가 허리를 숙여 고사리를 꺾었다. 익숙한 손놀림이었다. 그 모습을 잠시 지켜보던 현기도 고사리를 찾기 시작했다. 손댈 때마다 툭툭 끊어지는 결락감이 묘한 쾌감을 주었다. 단순한 동작을 반복하는 동안 밀화부리의 지저귐과 삼나무 우듬지 바람에 흔들리는 소리가 잦아들었다. 머릿속에 들끓던 상념이 무거운 부유물처럼 가라앉았다.

얼마나 지났을까. 허리를 펴고 돌아보니 여자가 보이지 않았다. 문득 두려움이 일렁거렸다. 어린 시절 혼곤한 잠에서 깨었을 때 아무도 없다는 사실을 깨달았을 때의 막막한 두려움이었다. 저 멀리 물러나 있던 소리가 서서히 다가왔다. 현기는 개활지 뒤편의 숲을 응시했다. 손을 대면 묻어나올 것 같은 어둠이 삼나무 사이에 웅크리고 있었다. 현기는 삼나무 숲으로 들어갔다. 축축한 양치류가 발목을 휘감았다. 삼나무는 굵고 곧았다. 말라비틀어진 뿌리를 드러낸 고사목이 이끼를 덮고 누워 있었다. 미라처럼 텅 비어 있는 속이 눈을 찔렀다. 여자는 보이지 않았다. 어디로 간 걸까.

뒤를 돌아보니 삼나무 사이로 하얗게 빛나는 개활지가 보였다. 너무 멀리 온 것 같았다. 현기는 돌아서서 개활지를 향해서 걸어갔다. 그런데 아무리 걸어도 개활지가 다가오지 않았다. 오히려 더 멀어진 것 같았다. 등허리가 서늘했다. 어디선가 수런거리는 소리가 들려왔다. 숲 저편에서 어둠이 너울처럼 출렁거리며 몰려오고 있었다. 그때 누군가 어깨를 건드렸다. 돌아보니 여자가 무표정한 얼굴로 서 있었다. 무어라고 말하고 싶었는데 입 안에서 맴돌았다. 현기는 할 말을 꿀꺽 삼키고 발밑에 있는 고사리를 꺾었다. 여자가 천천히 돌아섰다. 현기는 다시 고사리에 집중했다. 지금 중요한 건 고사리였다. 다른 건 아무것도 필요하지 않았다. 흔들린 상념이 다시 가라앉기 시작했다. 머릿속이 얼음덩어리가 가득한 웅덩이에 들어간 것처럼 명징해졌다.

한 시간 뒤, 두 사람은 개활지로 나왔다. 삼나무 우듬지가 거뭇거뭇했다. 고사리가 가득 든 비닐봉지를 들고 왔던 길을 되돌아갔다. 여자는 빠르게 어두워지는 삼나무 숲을 거침없이 나아갔다. 현기는 공중을 떠 가는 듯한 여자의 운동화를 놓칠세라 바짝 쫓아갔다.

숲을 빠져나오자 텅 비어 있는 중산간 도로에 현기의 차가 덩그렇게 세워져 있었다. 비닐봉지를 뒷좌석에 싣고 차에 올랐다. 중산간을 벗어날 무렵 어둠이 사위를 완전히 뒤덮었다. 여자가 혼잣말처럼 중얼거렸다.

"제 집에서 저녁 드시고 가세요."

"그래도 될까요?"

"밥값 충분히 하셨어요."

제주 시내로 들어온 차는 복잡한 도로를 이리저리 돌아갔다. 주택가 골목 입구에 차를 세운 현기는 시장을 다녀온 것처럼 검은 비닐봉지를 들고 여자를 따라갔다. 골목 안쪽 칠이 벗겨진 철 대문을 열고 들어간 여자가 마당 한쪽 계단을 올라갔다. 2층이 여자가 세 든 집이었다. 여자가 문을 여는 동안 현기는 어색함을 감추지 못했다. 그러나 여자의 표정은 담담했다. 여자가 고사리를 말려놓는 동안 현기는 커피를 마시며 텔레비전을 봤다. 10여 분 정도 지나자 눈꺼풀이 스르르 내려앉았다. 만약 여자가 깨우지 않았다면 영원히 깨지 않을 것 같은 단잠이었다.

"얼마나 잤죠?"

"한 시간요."

식탁에 된장찌개, 고등어, 참나물, 달래 무침이 정갈하게 차려져 있었다. 10여 년 만의 집밥이었다. 보글보글 끓고 있는 된장찌개를 보는 순간 어린 시절의 기억 하나가 불쑥 떠올랐다. 아마도 예닐곱 살 때였을 것이다. 놀이터에서 정신없이 놀다 보니 여름 해가 저물고 있었다. 아이들이 북적거리던 놀이터는 대여섯 명만 남았다. 나머지 아이들도 하나둘 집으로 돌아가고 현기는 재덕이와 단둘이 남았다. 산꼭대기 낮은 집 지붕에 걸려 있던 해가 뚝 떨어졌다. 땅바닥에 흩어진 딱지를 주섬주섬 주워든 아이들은 계단참에 앉아서 동네로 들어오는 도로를 바라보았다. 시장통에서 난전하는 재덕이 엄마가 나타난 것은 반 시간쯤 지나서였다. 풀이 죽어 있던 재덕이의 새카만 얼굴이 환하게 밝아졌다. 엄마에게 달려간 재덕이가 오늘 있었던 일을 종알거렸다. 현기는 계단참에 일어나서 그네에 올라탔다. 앞뒤로 몸을 흔들자 그네가 쿨렁쿨렁 움직였다. 주머니에 든 딱지가 와르르 쏟아졌다. 현기는 딱지를 발로 걷어차며 몸을 흔들었다. 산꼭대기에 환한 달이 떠오를 때까지 현기는 쉬지 않고 그네를 탔다.

식사를 끝낸 두 사람은 옥상으로 올라갔다. 옥상 한편에 플라스틱 의자 두 개가 놓여 있었다. 두 사람은 담배 연기를 흩날리며 밤의 세계를 바라보았다. 옆집에서 웃음소리가 들려왔다. 일가족이 코미디 프로그램을 보고 있는 것 같았다. 뒷집에서는 어린 아들을 야단치는 여자 목소리가 들려왔다. 볼멘소리를 늘어놓는 아이의 목소리가 점점 희미해졌다. 어디선가 노랫소리가 들려왔다. 누군가 라디오를 크게 틀어놓은 것 같았다. 두 사람은 말없이 지난간 연인을 그리워하는 노래가 바람을 타고 퍼져 나가는 모습을 지켜보았다. 그날 밤 현기는 호텔로 돌아가지 않고 여자의 집에서 잤다.

느리게 흘러가던 시간의 흐름이 빨라졌다. 두 사람은 사려

니숲길을 걸었고 새별오름에 올라가서 굽이치는 연록의 세상을 보았다. 생이기정길에서는 물빛이 변하는 바다를 오랫동안 내려다보았다. 가파도에서 끝없이 펼쳐진 청보리밭을 가로질렀다. 봄볕 아래 선 여자가 아이처럼 환하게 웃었다. 모슬포항으로 돌아가는 배에서 옆자리에 앉은 어떤 남자가 '벨로 마조 bello maggio(아름다운 5월)'라고 외쳤다. 이국의 낯선 단어가 귀에 쏙 들어왔다. 순간 현기는 지금까지 알던 세계와 다른 곳에 와 있다는 사실을 깨달았다.

보름날 두 사람은 광치기해변을 찾아갔다. 해안에 바짝 차를 대고 음악을 크게 틀었다. 빠른 리듬의 노래가 검은 모래를 휘저었다. 여자는 긴 치마를 나풀거리며 맨발로 춤을 추었다. 밤하늘에서 쏟아져 내린 달빛이 여자의 몸을 푸르게 물들였다. 여자가 현기의 목에 팔을 감았다. 두 사람은 당겼다가 밀어내고 멀어졌다가 다가가면서 그 어떤 형식도 없는 춤을 추었다. 노래가 끝나자 검은 모래에 털썩 드러누워 밤하늘을 올려다보았다. 밝은 달 너머에 수많은 별이 소용돌이치고 있었다. 현기의 품을 파고든 여자가 무어라고 소곤거렸다. 현기는 고개를 끄덕거리며 바다를 생각했다. 부산과 제주의 바다는 달랐다. 부산의 바다가 피를 들끓게 한다면 제주의 바다는 뜨거운 피를 차갑게 식혀주었다. 부산에서는 바다를 등지고 치열하게 싸워야 했지만, 제주에서는 욕망의 실타래가 올올이 풀어졌다. 광치기해변의 검은 모래에 누운 현기는 어부가 되어 고기잡이를 나가는 자신의 모습을 상상했다.

동이 트기 전에 집을 나선 현기는 어선에 올랐다. 포구를 떠난 어선은 수평선을 향해서 일직선으로 나아갔다. 새벽녘 어스름한 빛에 어부들 얼굴에 새겨진 고랑이 드러났다. 아무것도 없는 물의 세계가 펼쳐져 있었다. 뭍에서는 늘 술에 취해 있던 김 씨의 눈빛이 별빛처럼 반짝거렸다. 그가 가리키는 바다에 은빛이 부글부글 끓어올랐다.

어선의 엔진이 꺼졌다. 은빛 물결이 차르륵 흔들렸다. 순간 팔뚝만 한 고등어 한 마리가 수면 위로 튀어 올랐다. 현기는 힘껏 그물을 던졌다. 공중을 날아간 그물이 활짝 날개를 폈다. 줄이 팽팽하게 곤두섰다. 김 씨가 달려와서 줄을 잡았다. 두 사람이 힘을 모아 줄을 당기자 그물이 천천히 끌려왔다. 김 씨의 목덜미 핏줄이 꿈틀거렸다. 두 사람이 힘을 모아 그물을 뱃전으로 끌어 올렸다. 좁은 뱃전을 가득 채운 고등어가 제 성질을 못 이겨 펄떡펄떡 뛰었다. 어창에 고등어를 쓸어 넣은 현기는 칼을 들고 마지막 남은 한 마리의 배를 갈랐다. 김 씨가 건넨 소주를 벌컥벌컥 마신 다음 큼직하게 자른 고등어 살점을 초장에 찍어 입에 넣었다. 입 안에서 새벽 바다가 요동쳤다. 살점을 우적우적 씹자 묵직한 어깨가 풀어졌다. 김 씨가 음악을 틀었다. 쿵짝쿵짝 쿵짜작 쿵짝 흥겨운 노랫소리가 어선을 흔들었다.

저 멀리 포구가 나타났다. 뱃전에 우뚝 선 현기는 손차양을 만들어 포구를 바라보았다. 배가 불룩 나온 만삭의 여자가 포구에서 손을 흔들고 있었다. 소주 냄새를 풀풀 풍기며 다가온 김 씨가 씨익 웃었다. 빠진 앞니 사이로 성산 앞바다의 바람이 새어 나왔다. 현기는 땀에 젖은 몸을 흔들며 크게 웃었다. 포구에 도착한 현기는 고등어가 가득 든 양동이를 들고 집으로 돌아갔다. 옆에서 뒤뚱거리며 걷는 여자의 모습이 사랑스러웠다. 눈에 보이는 세계 전부가 솜사탕처럼 부드러웠다. 집으로 돌아간 현기는 여자의 넉넉한 품에서 어린아이처럼 잠이 들었다.

그날 밤, 두 사람은 봄꽃 향기가 가득한 밤거리를 걸었다. 화사한 원피스를 입은 여자의 발걸음이 가벼웠다. 거리에는 전국에서 몰려온 여행자들이 물고기 떼처럼 몰려다니고 있었다. 현기는 여자를 데리고 제주에서 가장 화려한 호텔로 들어갔다. 대리석이 깔린 로비를 가로질러 레스토랑 출입문을 열었다. 정복을 입은 직원이 두 사람을 창가 테이블로 안내했다. 테이블 위에는 여자의 생일을 축하하는 백색 튤립 다발과 와인이 놓여 있었다. 직원이 뚜껑을 열어 와인을 따라주고 물러갔다. 두 사람은 핏빛 와인이 든 술잔을 부딪쳤다. 맑은 소리가 실내를 울렸다. 출입문을 등진 현기는 두툼한 스테이크를 잘라 입으로 가져갔다. 식사를 끝낸 두 사람은 호텔을 나와 밤거리를 거닐었다. 해안의 바는 손님들이 가득했다. 스툴에 앉자 바텐더가 조니워커 블루와 블랙 러시안을 내주었다. 두 사람은 다시 건배했다. 음악이 멈추었다. 바텐더가 오디오 스위치를 누르자 생일 축하곡이 울려 퍼졌다. 경쾌한 선율에 사람들이 손뼉 치며 환호성을 내질렀다. 스툴에서 일어난 현기가 사람들을 향해 깊이 허리를 숙였다. 새벽녘 여자의 손을 잡고 바를 나온 현기는 콧노래를 흥얼거렸다. 자욱한 안개가 몰려오고 있었다. 두 사람의 발이 계속 엇박자가 났다. 주택가 골목에 안개가 두툼한 담요처럼 깔려 있었다. 가로등 불빛이 섬처럼 떠다녔다.

골목에 접어드는 순간 어둠 속에서 뭔가 튀어나왔다. 현기가 반사적으로 몸을 비틀자 칼날이 여자의 얼굴을 찔렀다. 사내의 배를 걷어차자 칼날이 아래로 미끄러졌다. 여자가 얼굴을 감싸고 주저앉는 순간 네 명이 동시에 현기를 덮쳤다. 몸이 말을 듣지 않았다. 팔다리가 잡혀 바동거리던 현기는 승합차에 내동댕이쳐졌다. 바닥에 주저앉은 여자는 짙은 안개 속으로 사라지는 승합차의 후미등을 망연한 시선으로 바라보았다.

현기는 거친 숨을 몰아쉬었다. 입은 재갈이 물렸고 팔은 뒤로 결박되었다. 습격자들은 운전사를 포함해서 여섯 명이었다. 마주 달려오는 자동차 불빛에 사내들의 얼굴이 드러났다. 그들 중 두 명은 호텔 레스토랑에 있었다. 해안 바에서 칼스버그를 마시던 세 사내의 얼굴이 뒤늦게 기억났다.

교차로를 빠져나온 승합차가 시외 방향을 선택했다. 안개 자욱한 새벽 도로가 한산했다. 얼마나 달렸을까. 도로 양편에 거대한 삼나무가 늘어서 있었다. 언젠가 여자와 함께 이 도로를 달린 기억이 났다. 낮인지 밤인지 기억이 흐릿했다. 삼나무가 우윳빛 안개를 떨쳐내듯 몸을 흔들었다. 흩어진 안개 입자가 아귀처럼 승합차에 달라붙었다. 비자림로를 빠져나온 승합차는 곧장 성산을 향해 달려갔다. 저 멀리 일출봉에 걸린 달빛이 창백했다. 사내들은 약속한 듯 입을 다물고 있었다. 취기가 완전히 사라졌다. 여자는 어떻게 되었을까. 결박한 몸을 뒤틀자 좌우에 앉은 사내들이 강하게 압박했다. 성산 거리는 고요했다. 깊이 잠든 거리를 가로지른 승합차가 포구로 들어갔다. 이윽고 승합차가 멈춰 섰다.

시동을 끄자 묵직한 고요가 밀려왔다. 사내들이 문을 열고 뛰어내렸다. 배들이 선창에 정박해 있었다. 그중 한 척에서 엔진 소리가 났다. 현기를 끌어낸 사내들이 등을 떠밀었다. 경유 냄새가 강하게 났다. 뱃전에 나무 발판이 걸려 있었다. 현기가 올라서자 발판이 부러질 듯 삐걱거렸다. 갑판에 올라간 현기는 무릎을 꿇었다. 라이트를 끈 배가 소리 없이 포구를 빠져나갔다. 선실에서 희미한 불빛이 새어 나왔다. 갑판에 서 있는 사내들은 자신의 생사와 아무런 연관이 없었다. 그들은 오직 명령을 따를 뿐이었다. 생사를 결정할 권한이 있는 자가 선실에 있었다. 누굴까. 김 목사라면 이 모든 일을 쉽게 설명할 수 있었다. 구름에 가린 달빛이 희미했다. 일출봉이 손에 잡힐 듯 가까웠다. 일출봉을 왼쪽으로 돌아간 배가 수평선에서 멈추었다. 갑판에 늘어선 사내들은 움직이지 않았다. 선실 문이 열리며 양복을 입은 남자가 나왔다.

김 목사였다. 갑판을 걸어오는 구둣발이 경쾌했다. 20년 전에 유행했던 양복에 검은 뿔테 안경을 쓴 목사는 성경을 들고 있었다. 현기는 목사를 올려다보았다. 그가 유명한 건 언제나 새롭고 독창적인 기법을 사용했기 때문이었다. 무엇을 말해야 할까. 자신이 가진 패를 떠올렸다. 만약 김 목사가 내용을 알고 있다면 패는 망통이었다. 그 어떤 상대도 이길 수 없는 필패였다. 김 목사가 손을 흔들자 엔진이 꺼졌다. 사위에서 몰려온 고요가 배를 옥죄듯 에워쌌다.

김 목사가 의자에 앉았다. 영락없는 시골 교회 목사였다. 하지만 그는 잔혹한 사디스트였다. 구름을 벗어난 달에서 빛이 쏟아졌다. 김 목사의 기름 발라 넘긴 머리 위로 푸른 달빛이 물처럼 흘러내렸다. 김 목사가 성경을 펼쳤다. 한 사내가 플래시를 켰다. 단 하나의 빛에 성경 구절이 드러났다. 목사는 경구가 마음에 들지 않은 듯 뒤로 몇 장을 넘겼다. 가늘고 하얀 손가락이 행을 따라 움직였다. 이윽고 마음에 드는 부분을 찾아낸 듯 손가락을 멈추었다. 김 목사가 나직하게 성경 구절을 읽기 시작했다.

"죄를 범한 자는 그에 상응한 벌을 받아야 한다. 다만 죄를 고백하고 참회한 자는 인고의 시간을 지난 뒤에 비로소 하나님의 성전으로 들어갈 수 있다. 단 고백은 진실해야 한다. 만약 거짓이라면 엄혹한 벌을 받게 될 것이다."

김 목사의 목소리는 온화했다. 그가 원하는 건 진실이었다. 따라서 그는 티끌 같은 거짓조차 용서하지 않았다. 과연 이 가짜 목사가 진실을 판별할 수 있을까. 한여름 땡볕에도 양복을 입고 다니는 이 자가 어떻게 진실을 검증할 수 있단 말인가. 김 목사가 성경을 덮고 현기를 가만히 내려다보았다. 김 목사 뒤편의 해안에 불빛이 흩뿌려 있었다. 저 어딘가에 여자와 맨발로 춤추던 광치기해변이 있었다. 그때 오늘을 상상했던가. 아니었다. 그저 달콤한 꿈을 꾸었을 뿐이었다. 김 목사의 나직한 목소리가 귓전을 파고들었다.

"뭘 말해야 할지 알고 있지요?"

"그렇습니다."

"시작하세요."

김 목사는 재촉하지도 강요하지도 않았다. 그저 성경을 펼쳐 마음에 드는 구절을 읽었을 뿐이었다. 하지만 그 구절은 세상의 어떤 말보다도 사람의 마음을 동요시켰다. 현기는 마른 침을 삼켰다. 해야 할 말은 이미 정해져 있었다. 다만 신중해야 했다. 내어줄 것과 숨길 것들을 명확하게 구분해야 했다. 그것도 김 목사가 의심하지 않아야 했다. 현기는 머릿속으로 정리한 내용을 천천히 말하기 시작했다. 진실과 거짓의 경계를 오락가락하는 말들이 이어졌다. 바람은 불지 않았다. 수평선은 여전히 구분할 수 없었다. 광치기해변의 불빛이 아스라했다. 하지만 손을 대면 금방 잡힐 것 같았다. 이윽고 현기의 말이 끝났다. 목사는 뼈가 도드라진 손가락으로 성경을 가볍게 두들길 뿐 침묵했다.

"이것이 내가 아는 전부입니다."

목사가 천천히 자리에서 일어났다.

"하나 더 있습니다."

목사가 다시 의자에 앉았다. 현기의 이마에서 흘러내린 땀방울이 콧등을 타고 마른 갑판에 뚝뚝 떨어졌다. 현기는 남은 이야기를 고백했다. 목사의 표정은 변함이 없었다. 판관의 덕목을 온몸으로 말해주고 있었다. 이윽고 현기의 말이 끝나자 김 목사가 건조한 목소리로 되물었다.

"그게 전부입니까?"

"그렇습니다."

"확실합니까?"

김 목사는 베드로의 진심을 확인하는 예수처럼 거듭 물었다. 현기는 고개를 끄덕였다. 목사가 자리에서 일어났다. 그는 사내들을 향해 고개를 끄덕인 다음 선실로 들어갔다. 선실 문이 닫히자 사내들이 움직이기 시작했다. 그들은 현기를 목사가 앉았던 의자에 앉혔다. 그런 다음 긴 양동이에 발을 집어넣고 시멘트를 부었다. 시멘트 가루가 은가루처럼 반짝거렸다. 한 사내가 바가지로 바닷물을 퍼서 양동이에 부었다. 질척한 느낌이 종아리를 타고 올라왔다. 현기는 선실을 바라보았다.

이제 남은 건 하나밖에 없었다. 모든 현상의 총합이었다. 그걸 발설하면 자신을 둘러싼 모든 사람의 미래가 불행에 빠질 것이다. 목사가 그 총합을 어떻게 받아들일 것인가. 발의 감각이 무뎌졌다. 급속 경화 시멘트가 빠르게 굳고 있었다. 일을 끝낸 사내들이 뒤로 물러났다. 현기는 선실의 불빛과 양동이를 번갈아 살폈다.

"하나 더 있습니다."

선실 문이 기다렸다는 듯 열렸다. 성경을 든 목사가 갑판을 뚜벅뚜벅 걸어왔다.

"진실입니까?"

"물론입니다."

"말씀해보세요."

발의 감각이 둔했다. 묵직한 돌을 발에 올려놓은 느낌이었다. 현기는 김 목사를 올려다보며 자신이 아는 모든 걸 털어놓았다. 그리고 이것이 만약 거짓이라면 죽어도 좋다는 듯 목사를 쳐다보았다.

"그게 전부입니까?"

"그렇습니다."

목사의 입에서 예상치 못한 말이 흘러나왔다.

"실망입니다."

"진실입니다."

"사람들은 늘 그렇게 말합니다. 그러고는 신이 불공평하다고 비난하지요."

"사람들이 그 책에 적힌 대로 살 수 있다고 생각합니까? 이 세상에 그런 사람들이 얼마나 된다고 생각합니까?"

현기는 시멘트의 촉감을 온몸으로 느끼며 소리쳤다.

"당신은 나를 벌할 자격이 없습니다."

"하지만 누군가는 그 일을 해야만 합니다."

목사가 사내들을 돌아보았다. 그들이 달려들어 현기를 뱃전으로 옮겼다. 손의 결박을 풀기 위해 바둥거렸다. 그러나 몸과 일체가 되어버린 의자는 꿈쩍하지 않았다. 현기는 피를 토하듯 울부짖었다.

"당신은 이럴 권한이 없습니다. 누가 당신에게 이런 권한을

주었습니까?"

목사는 대답이 없었다. 사내들이 현기와 묵직한 양동이를 동시에 들어 올렸다. 현기는 광치기해변을 바라보았다. 불과 며칠 전에 여자의 손을 잡고 춤을 추던 곳이었다. 여자의 무릎을 베고 어부가 되어 고기잡이 가는 자신의 모습을 상상하던 곳이었다. 김 목사가 다가왔다. 목사가 온화한 목소리로 주기도문을 외기 시작했다.

"하늘에 계신 우리 아버지, 이름이 거룩히 여김을 받으시오며 나라가 임하시오며 뜻이 하늘에서 이루어진 것같이 땅에서도 이루어지이다. 오늘 우리에게 일용할 양식을 주시옵고 우리가 우리에게 죄지은 자를 사하여준 것같이 우리 죄를 사하여주시옵고 우리를 시험에 들게 하지 마시옵고 다만 악에서 구하시옵소서. 나라와 권세와 영광이 아버지께 영원히 있사옵나이다, 아멘."

기도가 끝나자 사내들이 마지막 힘을 쓰기 위해 숨을 들이마셨다. 현기는 생각했다. 처음에는 해야 할 말과 하지 말아야 할 말을 구분했다. 아니 숨겼다. 하지만 두 번째에선 모든 사실을, 자신이 알고 있는 모든 진실을 숨김없이 고백했다. 그런데 어째서 목사는 내 말을 믿어 주지 않는단 말인가.

사내들이 현기를 뱃전 너머로 밀었다. 5월의 바닷물이 몸을 휘감았다. 아무것도 보이지 않았다. 황령산 정상에서 조니워커 블루를 마실 때의 느낌이 떠올랐다. 다른 건 모두 괜찮았다. 다만 목구멍을 뜨겁게 달구던 술맛을 더 이상 맛볼 수 없다는 사실이 아쉬울 뿐이었다. 현기는 조니워커 블루의 맛을 떠올리며 바닷속으로 가라앉았다.

전망 좋은 방

전망 좋은 방이 필요하지 않소?

　늙은이의 말은 늘어진 카세트테이프에서 흘러나온 소리처럼 대체 무슨 말을 하는지 알아들을 수 없었다. 아무리 싫은 내색을 보여도 늙은이는 열쇠를 주고받을 때마다 황달 걸린 샛노란 눈을 내밀고 똑같은 말을 중얼거렸다. 그는 안내실 쪽 창 밖으로 삐져나온 방 열쇠를 낚아채며 미친 늙은이라고 되뇌었다.

　여관은 대낮인데도 깊은 동굴 속처럼 어둡고 습한 공기가 감돌았다. 1층 복도를 지나 계단을 올라갔다. 발을 디딜 때마다 아귀가 틀어진 나무 계단이 삐걱삐걱 소리를 내질렀다. 금방이라도 무너져 내릴 듯한 낡고 오래된 여관에 전망 좋은 방이라니, 늙은이는 제정신이 아니었다. 2층 복도에는 핏빛의 붉은 카펫이 깔려 있고 다섯 개의 방은 복도 왼쪽에 나란히 늘어서 있었다.

막 카펫에 발을 내려놓는 순간 복도 천장에 매달린 형광등 하나가 깜빡깜빡하다 툭 꺼졌다. 순간 복도 저 안쪽 어두운 곳에서 이상한 소리가 들려왔다. 쥐가 앞니로 두꺼운 나무를 갉는 소리였다. 사각거리는 소리는 점차 증폭되어 복도를 울리더니 벼락처럼 머릿속으로 파고들었다. 그는 황급히 주머니에 들어 있던 타이레놀을 꺼내 알약을 삼켰다. 입천장에 달라붙은 알약이 떨어지지 않았다. 혀를 말아 약을 떼어내려고 안간힘을 썼지만 약은 좀처럼 떨어지지 않았다. 물이 필요했다. 그는 부들부들 떨리는 몸으로 복도를 돌아보았다. 화장실 문 열쇠가 없었다. 사각거리는 소리가 머릿속을 울렸다. 문손잡이를 돌리던 그는 그때서야 왼손에 열쇠를 들고 있다는 사실을 깨달았다. 문을 열고 화장실로 뛰어 들어가서 세면기를 틀어 물을 벌컥벌컥 마셨다. 흐린 거울 속에서 얼굴이 천천히 나타났다. 실핏줄이 터진 핏발 선 눈과 초췌한 안색의 얼굴이 낯설었다. 그는 두 손 가득 물을 받아 얼굴을 문지르고 다시 거울을 봤다. 여전히 낯선 얼굴이었다.

마른 수건으로 얼굴을 닦고 방으로 들어갔다. 모서리가 부서진 장식장 위에 20인치 텔레비전이 있고 그 옆에 붉은색의 전화기가 놓여 있었다. 그 오른쪽에 칠이 벗겨진 옷장이 전쟁터의 부상당한 군인처럼 망연하게 서 있었다. 창문을 활짝 열었다. 그러나 바다는 보이지 않고 눅눅한 바람만이 꾸물꾸물 창턱을 넘어왔다. 여관을 가로막은 냉동 창고의 파란색 지붕에 버려진 담배꽁초와 시커멓게 변색된 술병들이 햇볕에 녹아내리고 있었다. 그는 오물을 바라보며 그 너머에 분명히 존재하지만 보이지 않는 바다를 상상했다. 그러나 아무것도 떠오르지 않고 두개골을 갉아대는 소리만이 머릿속을 울렸다. 창문을 닫고 침대로 올라갔다. 반듯하게 누운 다음 두 손을 배 위에 올려놓고 천장의 벽지를 바라보았다. 그리고 붉은색 다이아몬드 문양의 선을 끊어지지 않게 천천히 이어 나갔다. 중간에서 선을 놓치면 처음 출발점에서 다시 시작하였다. 그렇게 천장을 한 바퀴 돌고나자 비로소 머릿속을 갉아대던 소리가 사라졌다.

10일 전 그가 탄 버스가 해안도로를 달려간 끝에 남해안의 한 항구 도시에 도착했다. 곧바로 터미널을 나선 그는 광장 한 구석에 있는 공중전화 박스로 들어가서 K가 알려준 번호로 전화를 걸었다. 신호가 스무 번이나 간 끝에 졸린 듯한 남자 목소리가 흘러나왔다. K의 이름을 대자 사내는 몇 번이나 의심스런 투로 되묻고 확인했다. 지루한 절차가 끝나자 사내는 부둣가에 있는 한 여관 이름을 알려주었다. 그곳에서 기다리면 출항이 결정되는 당일 밤 자정에 전화로 알려주겠다는 말을 남기고 사내는 전화를 끊었다.

시내를 빠져나간 택시는 검은 연기를 뿜어내는 공장 지대를 통과하여 냉동 창고가 늘어선 부둣가 끝에 그를 내려주었다. 냉동 창고 벽에 간판이 걸려 있지 않았다면 도저히 찾을 수 없는 여관이었다. 여관을 드나들 수 있는 유일한 통로인 두 동의 창고 사이로 들어가자 시간과 빛에 무너져가는 낡은 여관이 높이 솟은 냉동 창고에 둘러싸인 채 엎드려 있었다. 여관에 투숙한 그는 매일 밤 자정이 다가오면 긴장한 모습으로 전화기의 벨이 울리기를 기다렸다. 그러나 며칠이 지나도록 전화는 걸려오지 않았다.

소리가 들려온 것은 나흘째 되던 새벽이었다. 처음에 무언가를 갉아대는 소리는 텔레비전 장식장 뒤에서 났다. 그러나 거기에는 먼지 쌓인 전선만이 어지럽게 꼬여 있을 뿐 쥐는 없었다. 그런데 잠시 후에 천장에서 소리가 들려왔다. 의자를 가져다 놓고 천장을 주먹으로 쿵쿵 치면 반대편에서 소리가 났다. 다시 그쪽 천장을 두들기자 이번에는 벽에서 소리가 들려왔다. 하루가 지나자 이번에는 침대 밑에서 소리가 났다. 그리고 하루가 더 지나자 머릿속에서 소리가 들려왔다. 그때부터 그는 한숨도 잠을 자지 못한 채 뜬눈으로 밤을 새웠다.

눈을 뜨자 창밖이 어두웠다. 약 기운이 퍼지면서 깜빡 잠이 든 모양이었다. 밤을 꼬박 새우고 낮에 잠시 눈을 붙이는 게 전부였다. 머릿속의 사각거리는 소리는 그쳤지만 더러운 돌멩이가 굴러다니는 듯 머릿속이 무겁고 불쾌했다. 방 안이 갑갑했다. 자정까지는 아직 시간이 많이 남았다. 그는 장식장 위에 올려놓은 열쇠를 집어 들고 방을 나섰다. 복도는 조용했다.

계단을 내려서려던 그는 문득 걸음을 멈추었다. 3층으로 올라가는 계단 입구에 전에 보이지 않던 철문이 있었다. 기억이 희미했다. 첫날 보았던 것 같기도 했고 오늘 처음 보는 것 같기도 했다. 철문 앞으로 다가간 그는 주먹 크기의 자물쇠가 내걸린 쇠창살을 잡고 흔들어보았다. 그러나 땅속 깊이 박힌 철주는 꿈쩍하지 않았다. 3층 계단 역시 붉은빛 카펫이 깔려 있었지만 어두운 탓에 중간까지만 보였다.

1층으로 내려가자 안내실에서 챙캉챙캉 칼 부딪치는 소리가 들려왔다. 여관 주인 늙은이는 하루 종일 안내실에 틀어박혀 무협 영화를 보았다. 카운터에 열쇠를 내려놓자 협객들이 약속한 듯 일제히 칼싸움을 멈추고 입을 다물었다. 안내실 쪽 창이 천천히 열리고 늙은이가 샛노란 눈을 내밀었다.

전망 좋은 방이 필요하지 않소? 방이 필요하면 언제든지 말하시오.

그가 말없이 열쇠를 내려놓자 검버섯 핀 손이 튀어나와 열쇠를 낚아채갔다. 쪽창이 탁 하고 닫혔다. 출입문을 열자 숨죽이며 기다리던 협객들이 기합을 내지르며 다시 칼싸움을 시작했다. 여관 출입문 앞에 명함 수십 개가 어지럽게 놓여 있었다. 하나를 집어 들고 불빛에 비추어 보니 앞면에 세라, 아미 같은 무국적의 이름과 전화번호가 적혀 있고 뒷면에는 반라의 여자들이 환하게 웃고 있었다. 그는 명함을 버리고 여관을 가로막은 냉동 창고 벽을 돌아갔다. 창고 입구로 다가갈수록 피비린내가 진동했다. 창고 문 앞에 작업복 차림의 사내 세 명이 둘러앉아 있었다. 그들은 매일 밤 숯불을 피워 고기를 굽고 술을 마셨다. 그들을 지나쳐서 부둣가 입구의 상가를 향해 걸어갔다.
　어두운 포구에 닻을 내린 고깃배들이 파도에 흔들리고 있었다. 바다를 향해 늘어선 냉동 창고 사이에서 개 한 마리가 앞다리를 절뚝거리며 걸어 나왔다. 개는 저만치 앞에서 걸음을 멈추고 그를 적의 어린 시선으로 노려보며 이빨을 드러냈다. 그가 시선을 피하자 그때서야 개는 방파제 끝으로 천천히 걸어가서 어두운 바다를 향해 컹컹 짖었다. 공기를 찢는 날카로운 소리에 놀란 갈매기들이 공중으로 날아올랐다. 새들은 내려앉을 곳을 잃어버린 듯 오랫동안 공중을 떠돌았다. 갑자기 바다를 응시하고 있던 개가 뒤를 돌아보았다. 정면으로 눈이 마주친 그와 개는 서로를 뚫어지게 쳐다보았다. 먼저 시선을 돌린 것은 땟국물이 줄줄 흐르는 개였다. 개는 지루한 눈빛으로 주위를 돌아보더니 냉동 창고를 향해 절뚝거리며 걸어갔다. 그는 개가 완전히 모습을 감춘 뒤에야 천천히 걸음을 옮겼다.

부둣가 입구를 지나가는 2차선 도로 양편에 우중충한 건물들이 어둠에 짓눌린 채 늘어서 있었다. 그는 30년 전에 유행했던 녹색 타일이 붙어 있는 건물 1층의 식당 문을 열고 들어갔다. 혼자 텔레비전 연속극을 보고 있던 주인 여자가 고개를 까딱했다. 그는 바다가 보이는 창가 자리에 앉았다. 물병을 들고 온 주인 여자의 구불구불한 머릿결에서 파마약 냄새가 났다.

"뭘 드시겠어요?"

그가 메뉴판을 쳐다보며 망설이자 주인 여자가 말했다.

"고래탕으로 드세요."

"그게 뭡니까?"

"고래 고기로 만든 탕이에요."

메뉴판에 없는 음식이었다.

"맛은 어떻습니까?"

"다들 좋아해요."

그는 한 번도 먹어보지 못했지만 언젠가 먹을 수밖에 없다는 생각에 고개를 끄덕였다. 주인 여자가 주방으로 돌아가서 음식을 준비하기 시작했다. 식당 벽에 걸린 텔레비전 화면 속에서 중년의 남녀가 싸움을 벌이고 있었다. 얼굴이 벌겋게 달아오른 남자 배우가 여자 배우의 뺨을 강하게 후려쳤다. 주방에서 음식을 준비하던 주인 여자가 몸을 움찔하며 돌아보았다. 바닥에 쓰러진 여자 배우가 벌떡 일어나서 남자 배우에게 달려들었다. 그는 손수건을 꺼내 이마에 흥건한 땀을 닦고 바다로 시선을 돌렸다.

잠시 후 주인 여자가 고래탕과 소주를 가져왔다. 국물을 한 술 떠서 입에 넣자 맑은 육개장맛이 났다. 그는 푹 익힌 콩나물 사이에 가라앉은 고깃덩어리를 입에 넣고 질겅질겅 씹었다. 주인 여자는 다시 연속극에 집중하고 있었다. 그녀는 중년 남녀가 미친 듯 싸움을 벌이는 장면을 쳐다보며 어깨를 들썩거리며 키들키들 웃었다. 그러다 갑자기 뭔가 생각난 듯 딱딱한 표정으로 그를 돌아보았다. 문득 눈이 마주칠 때마다 두 사람은 어색한 표정으로 텔레비전과 바다를 향해 시선을 돌렸다. 그는 소주 두 병을 마시고 나서야 자리에서 일어났다.

방파제가 끝나는 곳에 백사장이 펼쳐져 있었다. 백사장에 털썩 주저앉은 그는 시커먼 스티로폼 조각과 붉은색 슬리퍼 한 짝이 파도에 떠밀려 오락가락하는 광경을 오랫동안 바라보았다.

여관으로 돌아와서 텔레비전을 켜자 유명한 여자 탤런트가
자택에서 자살했다는 뉴스가 방송되고 있었다. 그동안 여자
탤런트가 출연했던 드라마의 장면들이 파노라마처럼 펼쳐지
고 있었다. 그중 한 장면이 뚜렷하게 기억났다. 그때 그는 아내
와 함께 침대에 누워 여자 탤런트가 주인공으로 출연한 드라
마를 보고 있었다. 화면을 뚫어지게 바라보던 아내가 갑자기
품을 파고들면서 자신과 여자 탤런트 중 누가 더 예쁘냐고 물
었다. 그는 대답 대신 아내의 팽팽한 젖가슴을 꼬집었다. 그러
자 아내가 간지럽다는 듯 깔깔 웃으며 침대를 뒹굴었다. 시차
를 두고 죽은 두 사람을 생각하자 손이 타는 것처럼 뜨거웠다.

텔레비전을 끄는 순간 옆방 문이 열리는 소리가 났다. 장식
장 위에 열쇠가 놓이고 곧이어 화장실 양변기의 물 내리는 소
리가 벽을 타고 들려왔다. 며칠 전 계단에서 마주친 한 노인의
얼굴이 떠올랐다. 백발의 한 노인이 지팡이를 짚고 힘겹게 올
라오고 있었다. 그 옆에는 역시 머리가 하얗게 센 할머니가 따
라오고 있었다. 얼굴에 검버섯이 핀 노인은 무릎이 좋지 않은
듯 힘들어하는 기색이 역력했다. 한 발씩 힘겹게 계단을 올라
오던 노인이 계단 중간에서 중심을 잃고 비틀거렸다. 그러자
옆에 서 있던 할머니가 재빨리 팔을 붙잡고 부축했다. 노인이
숨을 헐떡거리며 다시 계단을 올라오기 시작했다. 노인을 부
축한 할머니의 입술이 핏빛 장미처럼 붉었다. 스쳐 지나가는

두 사람의 몸에서 굉장히 익숙한 냄새가 풍겨 나왔다. 2층에 손님이 든 것은 그날 이후 처음이었다.

옆방에서 어딘가로 전화하는 남자의 굵은 목소리가 들려왔다. 30분쯤 지나자 또각거리며 계단을 올라오는 하이힐 소리가 났고 옆방 문을 두들기는 소리가 들려왔다. 잠시 여자 목소리가 들리더니 무거운 정적이 찾아왔다. 그리고 갑자기 벽을 뚫고 들어온 여자의 교성이 벌겋게 달아오른 쇠꼬챙이로 변해 심장을 찔렀다. 그는 침대에 머리를 박고 두 손으로 귀를 틀어막았다. 그러나 여자의 신음 소리는 뱀의 대가리처럼 집요하게 귓구멍을 파고들었다. 그는 벌떡 일어나서 복도로 나갔다. 카펫 여기저기에 여자의 교성이 흥건하게 괴어 있었다.

계단을 내려가자 늙은이가 안내실 쪽창을 열고 히죽 웃었다. 늙은이의 얼굴에 열쇠를 집어던지고 출입문을 열고 밖으로 나갔다. 방파제 쪽에서 누군가 하모니카를 불고 있었다. 구슬픈 선율이 바람을 타고 부둣가로 퍼져 나가고 있었다. 냉동 창고 앞에 둘러앉은 한 작업복이 그를 향해 손짓했다.

"한잔하시겠소?"

반으로 쪼갠 드럼통에 둘러앉은 작업복 차림의 세 남자가 빤히 쳐다보고 있었다. 그는 하모니카 소리가 들려오는 어두운 방파제를 흘깃 돌아본 다음 드럼통으로 다가가서 비어 있는 자리에 앉았다. 드럼통 속에는 숯불이 활활 타고 있고 석쇠 위에 고깃덩어리가 지글지글 익고 있었다. 바닥에는 고기가 담긴 쟁반과 굵은 소금이 가득 담긴 냉면 그릇과 1.8리터 소주 페트병 두 개가 놓여 있었다. 그를 불러 세운 작업복이 피가 묻은 맥주 컵을 내밀었다. 그가 머뭇거리자 작업복이 씨익 웃으며 맥주 컵을 옷소매에 닦고는 잔이 넘치도록 소주를 부어주었다. 그가 단숨에 소주를 마시자 지켜보고 있던 작업복이 젓가락을 건네주었다. 그는 석쇠 위에서 지글거리는 고기 한 점을 집어 입에 넣고 씹었다. 석쇠 위에 올려진 고기가 동나자 쟁반에 있는 고깃덩어리를 집게로 집어 석쇠에 올리고 굵은 소금을 척척 뿌렸다. 타닥타닥 소금이 튀고 육즙이 치직거리며 떨어져 내렸다. 고기가 어느 정도 익으면 뒤집어 가위로 적당한 크기로 잘랐다. 그리고 술을 마시고 고기를 질경질경 씹고 삼켰다. 한 작업복이 하모니카 선율에 맞춰 노래를 부르기 시작했다.

"넓고 넓은 바닷가에 오막살이 집 한 채 고기 잡는 아버지와 철모르는 딸 있네. 내 사랑아 내 사랑아 나의 사랑 클레멘타인 늙은 아비 혼자 두고 영영 어디 갔느냐."

작업복 두 명도 노래를 따라 불렀다. 그는 술잔을 들고 노래를 합창하는 작업복들을 우두커니 바라보았다. 목구멍이 간질간질하고 혀가 꿈틀거렸다. 그는 냉면 그릇으로 손을 뻗어 소금을 한 주먹 쥐고 농부가 밭에 씨를 뿌리듯 석쇠 위의 고깃덩어리에 소금을 쳤다. 작업복들의 노랫소리 사이로 반주를 맞추듯 소금이 타닥타닥 튀어 올랐다. 하모니카 소리가 뚝 그쳤다. 그들은 동시에 입을 다물고 다시 술을 마시고 익은 고깃덩어리를 입으로 가져갔다. 쟁반에 있는 고기가 떨어지자 작업복이 말했다.

"고기 더 가져와."

작업복 한 명이 쟁반을 들고 창고 안으로 들어갔다. 처음 그를 불렀던 작업복이 턱으로 창고를 가리키며 말했다.

"먹고 싶은 부위를 직접 골라보시오."

그는 술잔을 내려놓고 일어나서 창고 안으로 들어갔다. 시멘트 바닥 곳곳에 핏물이 고여 있었다. 철벅철벅 핏물을 튀기며 걸어간 작업복이 창고 안쪽에 있는 또 다른 문을 열었다. 냉기가 뿜어져 나오는 방에 횡으로 반이 잘린 고래가 누워 있었다. 한쪽 구석에서 칼을 들고 나타난 작업복이 그를 흘끔 쳐다보며 말했다.

"밍크요."

그는 조심스럽게 다가가서 고래의 절개 부위를 손으로 만져보았다. 차갑고 끈적끈적한 살점이 손에 잡혔다. 손에 든 칼을 불빛에 비춰본 작업복이 고래의 살점을 뭉텅뭉텅 잘라 쟁반에 던졌다. 이곳저곳을 옮겨 다니며 고깃덩어리를 잘라내던 작업복이 그를 돌아보며 물었다.

"먹고 싶은 부위라도 있소?"

"글쎄요."

그가 고개를 갸웃거렸다.

"우네를 먹어보시오."

작업복은 그가 미처 무어라고 대답하기도 전에 몸을 휙 돌려 고래 턱 밑 부위를 한 덩어리 잘라 던졌다. 그는 공중을 날아온 고깃덩어리를 받아들고 가만히 내려다보았다. 묵직했다. 손을 타고 올라온 차가운 기운이 몸으로 스며들었다. 고깃덩어리를 쟁반에 올려놓고 몇 걸음 뒤로 물러났다. 쟁반 가득 고깃덩어리가 쌓이자 작업복이 혼잣말을 중얼거렸다.

"이 정도면 충분하겠지."

작업복이 손에 들고 있던 칼을 고래 눈알에 꽂자 검은 눈물이 칼날을 타고 뚝뚝뚝 바닥으로 떨어져 내렸다. 고깃덩어리가 담긴 쟁반을 든 작업복의 뒤를 따라가던 그는 문득 뒤를 돌아보았다. 얼굴의 반이 잘려 나간 고래가 기묘한 표정으로 그를 쳐다보고 있었다. 그들은 다시 고깃덩어리를 석쇠에 올리고 소금을 뿌려 뒤집어 익힌 다음 소주를 마시고 고기를 씹어 삼켰다. 우네를 씹자 옅은 쇠 냄새가 났다. 작업복 한 명이 입에 든 고기를 삼키고 바다를 돌아보았다.

"끓는 소리가 나는데?"

"엄청나게 큰 놈이 몰려올 거야."

작업복들이 바다를 쳐다보며 고개를 끄덕였다. 한 작업복
이 그에게 물었다.

"며칠째요?"

"예?"

작업복이 옆을 돌아보며 말했다.

"요 앞전의 그 남자, 얼마나 기다렸지?"

"2주."

"그 앞의 여자는?"

"한 달."

작업복들이 그의 얼굴을 빤히 쳐다보았다. 그가 조심스럽
게 물었다.

"그들은 이곳을 떠났나요?"

그때 여관 쪽에서 신경질적인 하이힐 소리가 들려왔다. 불
빛을 등에 업고 나타난 여자가 창고 앞으로 걸어와서 하나 남
은 빈 의자에 털썩 주저앉았다. 여자는 다짜고짜 옆에 앉은 작
업복이 들고 있던 맥주 컵을 빼앗아 벌컥벌컥 소주를 들이마
셨다. 붉은 입술 사이로 흘러내린 술이 쇄골에 모였다 다시 아
래로 흘러내렸다. 여자는 석쇠 위의 고기는 쳐다보지도 않고
쟁반에 놓인 생고기를 손으로 뜯어 입에 넣었다. 그녀는 손에
묻은 피를 붉은색 원피스에 문질러 닦은 다음 여관을 돌아보
며 욕설을 퍼부었다.

"개새끼."

"무슨 일이야?"

"개새끼가 이상한 기구를 들고 설치잖아."

작업복 하나가 빈 잔에 소주를 가득 채워주었다. 여자는 유리컵에 든 술을 마시고 다시 생고기를 찢어 입에 넣고 질겅거리며 씹었다. 그 모습을 보고 있던 작업복들이 키들키들 웃었다. 작업복 한 명이 생고기를 적당한 크기로 잘라 입에 넣어주자 여자가 혀를 내밀고 생고기를 날름 집어삼켰다. 작업복들은 여자가 입술에 묻은 피를 핥는 모습을 지켜보며 키들키들 웃었다.

"개새끼들아 웃지 마."

작업복들이 웃음을 뚝 멈추고 소주를 마시고 고깃덩어리를 씹었다. 여자가 가세하자 페트병이 금방 바닥을 드러냈다. 한 작업복이 창고로 들어가서 소주를 가져왔다. 드럼통에 둘러앉은 다섯 명은 묵묵히 소주를 마시고 고기를 씹었다. 누군가 바다를 돌아보면 나머지 사람들이 일제히 고개를 돌려 바다를 바라보았다. 한 사람이 하늘을 올려다보면 나머지 사람들이 동시에 하늘을 올려다보았다. 새로 가져온 페트병이 바닥을 드러낼 무렵 한 작업복이 여자에게 말했다.

"치마 올려봐."

생고기를 질겅거리며 씹고 있던 여자가 천천히 일어나서

붉은색 원피스를 허리까지 걷어 올리고 돌아섰다. 속옷을 입지 않은 둔부가 냉동 창고에서 흘러나온 불빛에 말갛게 드러났다. 여자는 그런 상태로 고개를 돌려 남자들의 얼굴을 쳐다보았다. 원피스를 내린 여자가 그에게 다가와서 코를 쿵쿵거렸다.

"당신에게서 이상한 냄새가 나."

작업복들이 그를 뚫어지게 쳐다보았다. 그는 한 손에 소주가 담긴 맥주 컵을 든 채 석쇠 위에 새카맣게 타들어가는 죽은 고래의 살점을 내려다보았다. 배 속이 부글부글 끓어올랐다. 위장을 가득채운 오물 덩어리가 맹렬한 속도로 식도를 향해 솟구쳐 올랐다. 그때 옆에 앉아 있던 작업복이 벌떡 일어나서 방파제를 향해 뛰어갔다. 잠시 후 첨벙하고 바다에 뛰어드는 소리가 들려왔다. 목구멍까지 올라온 오물 덩어리가 빠르게 가라앉았다. 그때서야 여자는 자신의 자리로 돌아가 앉았다. 작업복이 바다를 쳐다보며 중얼거렸다.

"미친놈."

그들은 다시 술을 마시고 고깃덩어리를 씹기 시작했다. 잠시 후 바다로 뛰어든 작업복이 물을 줄줄 흘리며 나타났다. 그는 의자에 털썩 주저앉아 물기가 뚝뚝 떨어지는 손으로 소주를 벌컥벌컥 마시고 고기를 질겅거리며 씹었다. 여자가 작업복들을 돌아보며 물었다.

"내장 없어?"

한 작업복이 턱으로 냉동 창고를 가리키자 여자가 일어나서 창고로 들어갔다. 바다에 뛰어들었던 작업복이 여자의 뒤를 따라 창고로 들어갔다. 또 다른 작업복도 일어나서 두 사람의 뒤를 따라갔다. 드럼통 앞에는 처음 그를 불렀던 작업복만이 남았다. 그가 물었다.

"고래는 어디서 가져옵니까?"

"바다."

"혼획입니까?"

"그것으론 수요를 감당할 수 없소."

"그럼?"

"그야 빤한 거 아니겠소?"

작업복이 씹고 있던 고깃덩어리를 삼키고 쟁반에 있던 커다란 고깃덩어리를 석쇠에 올리고 소금을 척척 뿌렸다. 숯불에 떨어진 소금이 서캐처럼 타닥타닥 튀어 올랐다. 그는 소주를 한 모금 마신 후 작업복에게 말했다.

"고래가 자살하는 거 알고 있습니까?"

작업복이 그의 얼굴을 빤히 쳐다보았다.

"고래가요?"

"그렇습니다."

"이유가 뭐요?"

"음파 탐지기에 의한 방향 감각 상실과 스트레스, 또는 개
체 수 조절과 지형설 등 여러 가지가 있지만 그 어느 것도 확
실하게 밝혀진 것이 없습니다."

작업복이 천천히 고개를 끄덕이며 말했다.

"무릇 생명 있는 것들이 죽는 데는 반드시 합당한 이유가
있소."

"그렇군요."

"누군가는 죽고, 누군가는 사는 거지요. 세상은 언제나 그
렇게 유지되는 거요."

작업복이 손바닥에 묻은 소금을 털어냈다. 그리고 천천히
일어나서 창고 안으로 들어갔다. 혼자 남은 그는 석쇠 위에 새
카맣게 탄 고깃덩어리를 젓가락으로 솎아냈다. 식어가는 숯불
을 바라보던 그는 남은 소주를 마시고 일어나서 창고 안으로
들어갔다. 시멘트 바닥에 고여 있던 핏물과 기름이 구두에 질
척하게 달라붙었다.

또 다른 방으로 들어가자 붉은 원피스의 여자가 고래 배 속
에 머리를 처박고 입으로 내장을 뜯어먹고 있었다. 얼굴을 든
여자의 입에서 반쯤 으깨진 내장이 줄줄 흘러내렸다. 여자는
흘러내리는 내장을 움켜잡아 입에 욱여넣고 꿀꺽꿀꺽 삼켰다.
작업복이 여자의 허리를 잡고 몸을 흔들고 있었다. 여자의 머
리가 흔들리며 고래 배 속으로 조금씩 밀려들어갔다. 죽은 고

래가 되살아난 듯 꿈틀거렸다. 이윽고 여자의 머리가 고래 배 속으로 완전히 들어갔다. 고래의 내장을 움켜잡은 여자의 두 손이 부들부들 떨렸다. 구토가 치밀었다. 그는 두 손으로 입을 틀어막고 창고 밖으로 뛰어나갔다. 방파제 끝에 무릎을 꿇고 입을 벌리자 시커먼 오물 덩어리가 울컥울컥 바다로 쏟아져 내렸다.

다음 날 새벽부터 바다가 요동쳤다. 세력을 확장하며 북진 하는 태풍의 진로를 설명하는 아나운서의 목소리가 날카로웠 다. 약국을 드나드는 손님들이 불안한 눈빛으로 텔레비전 화 면을 흘끔거렸다. 그는 약국 한 구석 의자에 앉아 머리를 감싸 쥐고 타이레놀의 약효가 나타나기를 기다리고 있었다. 손님들 이 전부 나가자 밖으로 나온 여자 약사가 걱정스런 눈빛으로 쳐다보며 말했다.

"병원에 가보시는 게 좋지 않을까요?"

"아니요. 괜찮습니다."

그는 고개를 들고 희미하게 웃었다. 그러나 그를 쳐다보는 약사의 표정은 그대로였다. 천천히 일어난 그는 구겨진 타이 레놀 갑을 주머니에 쑤셔 넣고 약사에게 고개를 숙인 다음 밖 으로 나갔다. 무덤처럼 엎드린 냉동 창고 위로 검은 구름이 내 려앉고 있었다. 도로가의 플라타너스 가지가 한껏 당겨진 시위처럼 팽팽했다. 서둘러 셔터를 내리는 가게들도 있었다. 저 멀리 하늘을 향해 우뚝 솟은 공장의 굴뚝에서 쏟아져 나온 짙은 연기가 검은 구름 속으로 빨려 들어가고 있었다. 먼지를 잔뜩 뒤집어쓴 트럭들이 줄지어 도로를 달려갔다. 한 냉동 창고를 빠져나온 사람들이 파도가 점점 높아지는 바다를 돌아보며 삿대질하며 욕을 퍼부었다. 그는 해변을 향해 비틀거리며 걸어갔다.

다리가 풀려 몇 번이나 넘어질 뻔한 끝에 해변에 도착한 그는 모래 위에 털썩 주저앉아 떨리는 손으로 담배를 꺼내 물었다. 라이터 불이 잘 붙지 않았다. 몸을 돌려 옷깃을 올린 뒤에야 간신히 불이 붙었다. 백사장 오른쪽 끝에 붉은 원피스를 입은 여자가 바다를 쳐다보고 있었다. 여자는 한 손에 구두를 들고 들끓어 오르는 바다를 응시하고 있었다. 정물화처럼 굳어 있던 여자가 천천히 몸을 돌려 백사장을 걸어가기 시작했다. 원피스가 미친 듯 펄럭거렸다. 죽은 고래의 몸을 파고들어 가던 여자의 하얀 몸이 떠올랐다. 타이레놀 반 갑을 먹었지만 머릿속의 소리는 여전했다. 담배를 내던진 그는 머리카락을 움켜잡았다. 백사장 중간에서 걸음을 멈춘 여자가 그를 바라보았다. 하얀 다리가 눈을 찔렀다. 손이 뜨거웠다. 용광로 속에 손을 집어넣은 것처럼 활활 타올랐다. 여자의 뒤에서 집채 같은 파도가 솟구쳐 올랐다. 이윽고 천천히 몸을 돌린 여자가 다시 파도가 날뛰는 백사장을 걸어갔다.

　백사장 왼쪽 끝에 개 한 마리가 바다를 응시하고 있었다. 젖은 모래에 네 발로 버티고 선 개는 용틀임하는 파도를 향해 격렬하게 짖었다. 날카로운 짖음이 해변을 쩌렁쩌렁 울렸다. 개는 바람에 맞서듯 아주 느리게 절뚝거리며 해변을 걸어가기 시작했다. 문득 여자가 개를 발견했다. 걸음을 멈추고 여자를 뚫어지게 쳐다보던 개가 갑자기 백사장을 질주하기 시작했다. 한순간 개와 여자는 무심하게 서로를 스쳐지나갔다. 백사장 끝에 도착한 여자가 방향을 바꿔 그가 앉은 곳을 향해 똑바로 걸어왔다. 그리고 바로 앞에서 발에 묻은 모래를 털어내고 구두를 신었다. 하얀 종아리와 붉은색 매니큐어를 바른 발톱이 선명했다. 구두를 신은 여자가 그를 흘깃 쳐다본 다음 상가를 향해 걸어갔다. 그는 벌떡 일어나서 여자의 뒤를 따라가기 시작했다. 여자는 횡단보도를 건너기 직전 뒤를 돌아보았다. 그가 걸음을 멈추고 바다를 돌아보자 여자는 바로 앞에 있는 가게의 쇼윈도를 한참이나 들여다보았다. 그는 신호가 두 번 바뀔 때까지 기다린 다음에 횡단보도를 건너갔다. 여자가 서 있던 쇼윈도에는 붉은색 가터벨트를 한 여자 마네킹과 속옷 차림의 남자 마네킹이 서로 마주 보고 서 있었다. 문득 시선을 돌리자 여자가 플라타너스 잎이 맹렬하게 흩날리는 가로수 밑에서 이편을 쳐다보고 있었다. 여자가 천천히 몸을 돌려 걷기 시작했다.

그녀는 사거리 모퉁이에서 잠시 걸음을 멈추고 주위를 돌아보더니 한 2층 건물로 들어갔다. 건물 앞에 도착한 그는 잠시 망설인 끝에 계단을 올라갔다. 마지막 계단을 올라가자 'BAR'라는 간판이 나타났다. 유리문을 열자 피아노 선율이 달려들었다. 카운터 옆으로 길게 휘어진 바에 여자가 앉아 있었다. 그녀는 바 안에 서 있는 덩치 큰 여자와 이야기를 나누고 있었는데 그를 흘깃 돌아보며 목소리를 낮추었다. 그는 여자와 서너 자리 떨어진 스툴에 앉았다. 뚱뚱한 여자가 다가와서 메뉴판을 내밀었는데 목에 걸린 진주 목걸이가 흔들렸다. 그는 캐나디안 클럽을 주문하고 천천히 실내를 돌아보았다.

창가에 젊은 남녀 두 명이 나란히 앉아 점차 다가오는 폭풍의 징후를 지켜보고 있을 뿐 더 이상의 손님은 없었다. 뚱뚱한 여자가 술과 얼음을 가져왔다. 그는 유리잔에 얼음을 넣고 위스키를 따른 다음 흔들어 마셨다. 두 여자는 다시 서로 얼굴을 바짝 대고 소곤거리기 시작했다.

술병을 삼분의 일 정도 비웠을 때 머릿속에서 잠시 가라앉았던 소리가 다시 들려왔다. 그는 인상을 잔뜩 찡그린 채 남은 타이레놀을 꺼내 전부 입에 털어 넣고 위스키를 벌컥벌컥 마셨다. 그런 다음 두 손으로 머리를 감싸 안았다. 잠시 후 눈앞에 놓인 위스키 병이 조금씩 틀어지기 시작했다. 마치 꽈배기처럼 유리병이 뒤틀렸다. 그는 여자들을 돌아보았다. 머리를 맞댄 여자들의 얼굴이 흐릿하게 변하면서 두 개로 갈라졌다. 그리고 다시 네 개와 여덟 개로 빠르게 쪼개졌다. 동시에 머릿속에서 사각사각하는 소리가 점진적으로 커져갔다. 그는 눈을 감고 주먹으로 자신의 관자놀이를 쳤다. 창밖을 내다보던 남녀가 놀란 표정으로 플라타너스 나뭇가지를 가리켰다. 바다에서 불어오는 강풍에 플라타너스 나뭇가지가 꺾여 나가고 있었다. 나뭇가지가 부러지는 순간 그의 머릿속에서 폭죽이 터졌다. 스툴이 뒤로 넘어지면서 그는 바닥으로 나동그라졌다. 뚱뚱한 여자가 달려와서 그를 일으켰다.

"손님, 괜찮으세요?"

"그만, 그만해."

"어디가 아프세요?"

"제발 그만해!"

"태풍은 금방 지나갈 거예요."

"그만하라고!"

그가 머리를 흔들며 여자의 멱살을 움켜잡았다. 놀란 여자가 몸을 트는 순간 진주 목걸이가 사방으로 튕겨져 날아갔다. 순간 머릿속에서 퍽 하는 소리가 나면서 눈앞이 캄캄해졌다. 차가운 감촉에 눈을 뜨자 뚱뚱한 여자가 물수건으로 자신의 이마를 누르고 있었다. 어느새 머릿속을 울리던 소리가 그쳐 있었다. 그가 천천히 일어나자 뚱뚱한 여자가 차가운 물수건을 쥐여주었다. 그는 다시 스툴에 앉아 술을 마시기 시작했다.

굵은 빗방울이 유리창을 때리는 소리에 정신을 차리자 시곗바늘이 11시 45분을 가리키고 있었다. 놀라 일어나는데 누군가 팔을 잡았다. 붉은 원피스의 여자가 자신의 팔을 잡고 있었다.

"어딜 가려고요?"

"그게 무슨 말이오?"

"오늘 나와 같이 있기로 했잖아요?"

여자가 무슨 말을 하는지 알 수 없었다.

"난 그런 말을 한 적이 없소."

그때 카운터에서 전화벨 소리가 날카롭게 울렸다. 뚱뚱한 여자가 달려가서 전화를 받았다. 그녀는 바에 앉은 여자를 흘끔 쳐다보며 목소리를 낮춰 통화한 다음 전화를 끊었다. 그는 여자를 쳐다보았지만 무슨 일이 있었는지 기억나지 않았다. 어쨌든 여관으로 돌아가서 전화를 기다려야 했다. 여자의 손을 뿌리치고 일어나서 비틀비틀 카운터로 걸어갔다. 그리고 계산을 치르고 출입문을 여는 순간 여자의 고함 소리가 터져 나왔다.

"개새끼!"

머리 위를 날아온 양주병이 출입문 유리를 강타했다. 순간 유리 파편을 뒤집어쓴 청년들이 가게에 뛰어들었다. 바에 앉아 있던 여자가 외마디 비명을 지르며 벌떡 일어났다. 뚱뚱한 여자를 무서운 눈빛으로 노려본 여자는 뒤쪽 비상구 문을 박차고 뛰어나갔다. 청년들이 소리치며 비상구를 향해 우르르 몰려갔다. 출입문 앞에 우두커니 서 있던 그는 천천히 밖으로 나갔다. 계단을 내려가는데 발밑에서 유리 조각이 서걱거렸다.

인적 끊어진 거리에 굵은 빗줄기가 사선으로 쏟아져 내리고 있었다. 강풍에 날린 나뭇잎들이 총알처럼 날아갔다. 몸을 가누기 힘들 정도의 강풍이었다. 그는 비틀거리며 가로등 불빛이 요동치는 거리를 나아갔다. 셔터가 내려진 속옷 가게를 지나 횡단보도를 건넜다. 흠뻑 젖은 몸에서 빗물이 줄줄 흘러내렸다. 문을 닫은 식당을 지나 부둣가로 들어섰다. 어두운 바다에서 불어온 바람이 냉동 창고를 난타하고 있었다.

빗줄기 속에서 고함 소리가 들려왔다. 저 멀리 해변으로 도망치는 여자의 뒤를 청년들이 쫓아가고 있었다. 강한 빗줄기에 시야가 흐릿했다. 비바람을 헤치고 해변에 들어서는 순간 앞바다에 뇌우가 떨어졌다. 백사장을 달려가는 여자와 청년들의 모습이 정지 화면처럼 어둠 속에서 떠올랐다 순식간에 사라졌다. 곧이어 여자의 처절한 비명 소리가 바다를 뒤흔들었다. 순간 요동치는 바다 한가운데서 붉은색 전화기가 불쑥 떠올랐다. 귀를 찢는 듯한 벨소리가 바다를 쩌렁쩌렁 흔들었다. 손이 뜨거웠다. 그는 머리를 세차게 흔들며 부둣가 저 끝을 쳐다보았다. 굵은 빗줄기 속에서 여관을 알리는 간판이 금방이라도 꺼질 듯 깜빡거리고 있었다. 그는 줄줄 흘러내리는 빗물을 닦아내고 해변을 돌아보았다. 칠흑 같은 어둠에 휩싸여 있을 뿐 아무것도 보이지 않았다. 마침내 그는 천천히 돌아서서 어둠 속에 떠 있는 단 하나의 불빛을 향해 비틀거리며 걸어가기 시작했다. 열 걸음 정도 걸어갔을 때 뒤쪽에서 여자의 날카로운 비명 소리가 빗줄기를 갈랐다. 그러나 그는 돌아보지 않고 깜빡거리는 불빛을 향해 한 걸음씩 힘겹게 나아갔다.

여관을 나서자 타는 듯한 열기가 몸을 휘감았다. 그는 더위에 지친 개처럼 숨을 헐떡거리며 창고 벽을 돌아 나갔다. 문이 잠긴 냉동 창고 앞에 시커멓게 그을린 드럼통이 뒤집어져 있고 그 옆에 하얗게 변한 숯과 페트병이 나뒹굴고 있었다. 그는 자물쇠가 걸린 창고 문에 등을 기대고 햇살이 무자비하게 쏟아지는 부둣가를 멍하게 바라보았다. 햇볕 속으로 손을 내밀자 살이 타는 듯 따가웠다. 길게 한숨을 내쉬고 햇볕 속으로 들어갔다. 갑자기 머리가 한쪽으로 기우뚱 기울었다. 머리카락을 당겨 머리를 똑바로 세웠다. 그러나 손을 떼자 다시 기울었다. 어쩔 수 없이 머리를 기울인 채 휘청거리며 걸어갔다. 땀이 비 오듯 흘러내렸고 정수리가 불이 붙은 것처럼 뜨거웠다. 그는 원망스런 눈빛으로 태양을 올려다보았다.

방파제를 지나자 해변에 한 무리의 사람들이 웅성거리며 모여 있었다. 새카맣게 그을린 아이들이 해변을 향해 달려가고 있었다. 그는 손차양을 만들어 소금을 뿌린 듯 하얗게 빛나는 백사장을 바라보았다. 해변을 달려가는 아이들의 발에서 하얀 먼지가 풀썩거렸다. 그는 펄펄 끓는 물에 발을 담그듯 입술을 꽉 깨물고 백사장으로 들어갔다. 한 걸음씩 발을 내디딜 때마다 모래가 출렁출렁 흔들렸다. 바다는 호수처럼 잔잔했고 수평선 위에는 양털 구름이 한가롭게 내걸려 있었다. 마침내 해변에 도착해서 사람들을 헤치고 들어가자 털이 뒤엉킨 개 한 마리가 죽어 있었다. 개의 사체는 바늘을 대면 펑 하고 터질 듯 잔뜩 부풀어 있었다. 파도가 밀려올 때마다 자세를 바로 잡으려는 듯 개가 몸을 뒤틀었다. 아이들이 죽은 개를 가리키며 낄낄거렸다. 주춤주춤 뒤로 물러난 그는 모래밭에 털썩 주저앉았다. 아이들이 다가와서 물었다.

"왜 그러세요?"

"아무것도, 아무것도 아니야."

그는 개미처럼 달라붙는 아이들을 밀쳐내고 백사장을 빠져나갔다. 그러나 부둣가 입구의 약국까진 너무 멀었다. 마치 온몸이 불타는 것처럼 뜨거웠다. 한 걸음도 움직일 수 없었다. 그는 작열하는 태양 아래서 땀을 흘리며 서 있었다. 사각거리는 소리가 났다. 머릿속이 아니었다. 바다에서 들려오고 있었다.

눈부시게 빛나는 햇볕 속에서 들려오고 있었다. 그는 약국을 포기하고 돌아서서 여관을 향해 느릿하게 걸어갔다. 발목에서 쇠사슬이 질질 끌려왔다. 창고 사이로 난 통로에서 아지랑이가 피어오르고 있었다. 그는 비틀거리며 하얗게 빛나는 통로를 걸어갔다.

여관 출입문을 열자 주인 늙은이가 열쇠 꾸러미를 들고 카운터 앞에 서 있었다. 늙은이가 샛노란 눈으로 그를 쳐다보며 말했다.

"전망 좋은 방, 필요하지 않소?"

그는 창백한 얼굴로 되물었다.

"그 방에선 잠들 수 있습니까?"

"물론이오. 전망 좋은 방에선 그 어떤 소리도 들리지 않소. 이 세상에서 가장 편하게 잠들 수 있는 방이오."

늙은이가 빠진 앞니를 드러내고 웃었다. 그는 출입문에 몸을 기댄 채 숨을 헐떡거리며 말했다.

"그 방으로 데려가주십시오."

"날 따라오시오."

늙은이가 열쇠 꾸러미를 흔들며 계단을 올라갔다. 삐걱삐걱 아귀가 틀어진 나무 계단이 소리를 내질렀다. 그는 계단 중간에서 발을 헛디뎌 넘어질 뻔했다. 늙은이가 뒤를 돌아보며 말했다.

"우린 항상 조심해야 합니다. 그렇지 않습니까?"

그는 계단 난간을 잡고 고개를 끄덕였다. 힘겹게 계단을 올라가자 늙은이가 열쇠 꾸러미로 철문에 걸린 자물쇠를 툭툭 치며 말했다.

"괜찮겠소?"

그가 고개를 끄덕이자 늙은이가 자물쇠에 열쇠를 밀어 넣고 돌렸다. 철컹 소리를 내며 철문이 열렸다. 핏빛처럼 선명한 카펫이 깔린 계단이 어둠 속으로 이어지고 있었다. 늙은이가 환하게 웃으며 철문을 가리켰다. 철문 안으로 들어간 그는 숨을 헐떡거리며 늙은이를 돌아보았다.

"그들도 전망 좋은 방으로 올라갔나요?"

"물론이오. 한 사람도 빠짐없이 올라갔소."

늙은이가 웃으면서 손을 흔들었다. 그는 붉은 카펫이 깔린 계단을 올라가기 시작했다. 계단 중간에 이르렀을 때 철문이 쾅 닫혔다. 그러나 그는 돌아보지 않았다. 오로지 무거운 다리를 끌고 힘겹게 한 걸음씩 계단을 올라갔다.

지난 2017년, 장편소설을 출간할 무렵 페이스북에 가입했다. 사용 방법도 제대로 알지 못한 상태에서 첫 글을 올렸는데 친구 신청이 빗발치면서 댓글이 달렸다. 낯선 사람들이 내 글에 관심을 기울이고 공감을 표한다는 사실이 사뭇 흥미로웠다. 그렇게 틈틈이 일상의 느낌을 올리던 나는 얼마 가지 못해 소셜 네트워크에 흥미를 잃어버렸다.

몇 가지 이유가 있었는데 우선은 강박이었다. 글을 쓸 때마다 사람들의 반응을 의식하는 나 자신을 발견했기 때문이었다. 물론 담담하게 자기 일상을 알리는 사람들이 대부분이었지만 나는 그렇게 하지 못했다. 즉 무의식적으로 사람들의 관심을 끌 사진을 고르고 호응을 받을 글을 쓰고 있었던 것이었다.

페이스북 친구 중에 예전에 알던 사람이 있었다. 어느 날 뭔가 알아볼 일이 생겨 만나자는 전화를 했다. 온라인에서 대화하는 것보다 얼굴을 보면서 얘기하고 싶어서였다. 그런데 약속 장소에 나온 사람의 입에서 예상치 못한 말이 흘러나왔다. 소셜 네트워크에서 맺은 친구는 오프라인에서 만나지 않는다는 것이었다. 그 말을 듣는 순간 적잖게 놀랐다. 만약 내가 전에 알던 사람이 아니었다면 만날 수 없었다는 뜻이기 때문이었다. 한 시간쯤 대화를 나누고 돌아오는 길에 문득 소셜 네트워크에서 친구 관계가 어떤 의미인지를 명징하게 깨달았다.

소셜 네트워크에서의 친구는 서로의 인정 욕구를 충족하는 관계였다. 사적 감정 교류 없이 서로 행복한 모습을 보여주며 주목과 인정을 받으려는 것은 엄밀하게 말하면 에이브러햄 매슬로가 주장하는 존경의 욕구를 충족하려는 행위라고 할 수 있었다. 그렇다면 우리의 일상이 늘 행복한 걸까, 감정의 교류 없이 남발하는 공감은 진실할까, 하는 의문이 들면서 소셜 네트워크에 관한 흥미가 차갑게 식어버린 것이다.

그때부터 뭇사람들의 뒷모습을 바라보기 시작했다. 스타벅스에서 커피를 마시는 젊은 여성, 스크린 도어 앞에서 지하철이 오기를 기다리는 청년, 점심 무렵 햄버거가 가득 든 종이봉투를 양손 가득 들고 개인병원 계단을 올라가는 간호사, 말간 갓등 아래 술잔을 높이 든 휴가 군인, 샛노란 은행잎이 깔린 보도를 걸어가는 머리가 희끗희끗한 할아버지, 먼 길 떠나는 딸을 배웅하는 어머니, 멀찍이 떨어져서 서로 다른 방향을 바라보는 연인들의 뒷모습을 훔쳐본 것은 그들의 행복한 모습 뒤에 숨겨져 있는 슬픔을 알고 싶었기 때문이었다. 더 정확하게 말하면 한 면이 아닌 양면을 통해서 한 사람을 온전히 이해하고 싶어서였다.

장편소설은 글자 그대로 아주 긴 이야기이다. 한 사람의 전 생애를 다루기도 하고 수많은 인물이 등장해서 얽히고설킨 복잡다단한 이야기를 보여준다. 다양한 사람들의 관점을 여러 가지 방식으로 보여주는 것이다. 그것은 상류를 떠난 작은 물방울이 하나의 물줄기가 되어 장애물을 넘고 굽이굽이 기나긴 길을 돌아서 마침내 목적지인 바다에 도달하는 것과 같다.

단편은 짧은 이야기다. 바다를 향해 흘러가는 강물을 칼날로 잘라낸 단면이 단편이다. 단편은 찰나의 순간을 다룬다. 단순한 이야기도 있지만 어떤 소설은 은유를 앞세워서 복잡하고 난해하다. 이런 이유로 최근 소설을 읽기 어렵다고 푸념하는 독자들이 꽤 많다. 단편이 쉽게 읽히든 어렵게 읽히든 한 가지만은 분명하다. 우리 삶의 단면을 보여주고 있다는 사실이다. 따라서 단편을 읽는다는 건 우리 자신의 뒷모습을 훔쳐보는 것과 같다. 조금 비약하면 내 앞과 옆에 있는 사람들, 혹은 내 곁을 스쳐 지나가는 누군가의 온전한 모습을 이해하려는 행위라고 할 수 있다. 만약 누군가의 삶을 진실하고 온전하게 이해하고 싶다면 단편소설을 읽어야 한다.

마윤제

라이프가드

ⓒ 마윤제, 2022

초판 1쇄 인쇄일 2022년 12월 19일
초판 1쇄 발행일 2022년 12월 30일

지은이 마윤제
펴낸이 사태희
편 집 최민혜
디자인 홍성권
마케팅 장민영
제작인 이승욱 이대성

펴낸곳 (주)특별한서재
출판등록 제2018-000085호
주 소 08505 서울시 금천구 가산디지털2로 101 한라원앤원타워 B동 1503호
전 화 02-3273-7878
팩 스 0505-832-0042
e-mail specialbooks@naver.com
ISBN 979-11-6703-068-9 (03810)

이 도서는 2022년도 한국문화예술위원회 아르코문학창작기금(발간지원) 사업에 선정되어 발간되었습니다.